イケメン弁護士のパパはいりませんか?

Hikaru Azumi
安曇ひかる

CHARADE BUNKO

Illustration

柳ゆと

CONTENTS

店のドアを開く。カウベルがコロロンと耳に馴染《なじ》んだ音をたてた。

「美味《おい》しかったよ。ごちそうさま」

この日最後の客となった杉野《すぎの》が、皺《しわ》の刻まれた顔に柔和な笑みを浮かべた。

「ありがとうございました。またいらっしゃってください」

丁寧に一礼すると、杉野は小さく頷《うなず》き、いつものように「じゃあ」と片手を上げて去っていった。その背中が宵闇《よいやみ》の雑踏に紛れていくのを見送りながら、小暮拓人《こぐれたくと》は小さなため息をついた。

「美味しかったよ……か」

優しい杉野はいつも判で押したようにそう言って微笑《ほほえ》む。しかしそれが本音ではないことが、拓人には痛いほどわかっていた。

ここ『小暮珈琲《コーヒー》』は、五年前に亡くなった祖父が長年営んでいた老舗《しにせ》の喫茶店だ。レトロ感漂う店構えは「カフェ」というより断然「喫茶店」。両親共に仕事が忙しく、幼い頃からしばしばここに預けられていた拓人は、祖父の淹《い》れるコーヒーの香りに包まれて育った。

祖父と同い年の杉野は、近所でコーヒー豆問屋を営んでいる。祖父が元気だった頃は、やれ新しい豆を仕入れたの新型の焙煎機《ばいせんき》を見てきたのと、理由をつけては（特に理由はなくとも）『小暮珈琲』に入り浸り、カウンター越しに祖父とコーヒー談義に花を咲かせていた。時に白熱した、しかしとても楽しそうなふたりの会話は今も拓人の耳に残っている。

そんな環境だったから、孫の拓人も小学校高学年になる頃には一丁前にコーヒーを嗜《たしな》むようになっていた。ドリップも覚え「コーヒーは苦くて無理」と顔を顰《しか》める同級生たちに小さな優越感を抱いたりもしていた。

コーヒーの美味しさを化学的に分析したくて、大学は理学部を選択した。最先端の知識で『小暮珈琲』のコーヒーの味をさらにグレードアップするつもりだと鼻の孔《あな》を膨らませる十八歳の孫に、祖父は『そう上手くいくかな』と優しく笑った。

ところが大学を卒業する前の年、祖父は突然亡くなってしまった。中学生の頃には『小暮珈琲』を継ぐと決めていたが、これほど早くその日が来るとは思ってもいなかった。お祖父《じい》ちゃん子だった拓人が夢に描いていたのは、祖父と並んでカウンターに立つ自分の姿だった。

――まだ何も教わっていないのに。

悲しみと不安に翻弄《ほんろう》されながら、それでも大学卒業と同時に『小暮珈琲』を再開した。一日も早く祖父のような美味しいコーヒーを淹れられるようになりたい。ならなくては。大学で得た化学の知識をフルに生かし、日々研究を重ねているのだが、正直なかなか思うような味にならない。

最初は拓人を応援しようと通ってくれていた常連客も、日が経《た》つにつれひとり減り、ふたり減り、今では杉野の他《ほか》数人になってしまった。

あの頃の味じゃない。口にこそ出さないが、みんな内心そう思っているに違いない。

「どうしたらいいのかな……」

シックな文字で『小暮珈琲』と書かれた古い看板を見上げると、いつの間にか目にかかるほど伸びてしまった前髪が夜風にさらりと揺れた。

「さすがにそろそろ切りに行かないとな」

癖のないさらさらとした黒髪と、どんなに食べても太れない体質は母親譲りだ。しっとりと潤んだアーモンド形の瞳《ひとみ》を縁取る睫毛《まつげ》は長く、小ぶりな口元も手伝って、幼い頃はよく女の子に間違えられた。二十六歳になった今はさすがに見間違えられることはないが、時折客席から『可愛《かわい》い店長さんだね』という声が聞こえてきて複雑な気持ちになる。

「可愛いじゃなくて、焙煎の天才とかドリップの鬼才とか言われたいよ……てか腹減った」

腕時計に目を落とすと閉店時間をとうに過ぎていた。そろそろ近所のスーパーの総菜が半額になる時間だ。拓人はエプロンを外し、夕食の買い出しに出かけることにした。

『小暮珈琲』は、中小企業がひしめく小さなオフィス街に面した一画にこぢんまりと建っている。都心へのアクセスがよく、朝夕は忙しく歩くビジネスマンの姿が店の窓から見える。店舗の奥が自宅スペースになっていて、カウンターの奥の扉から行き来ができる構造だ。

拓人は店の入り口に【CLOSED】の札を下げると、仕事帰りの人波に逆らい駅前のスーパーへと向かった。街灯の灯《とも》った歩道を歩きながら、先刻までの杉野との会話を思い返していた。

『拓人くん、休みの日は何をしているの?』

突然の質問に、カウンターの中の拓人は『え?』と瞬《まばた》きをした。

『特に何も……』

研究がてら焙煎をしたり、平日は行き届かない場所の掃除をしたりしていると、なんとなく日が暮れてしまう。

『どこかに出かけたりしないの?』

『おれ、根っからのインドア派なんですよね』

そう、と微笑みながらコーヒーカップを傾ける杉野の真意が見えなかった。

『拓人くん、いくつだっけ?』

『二十六です』

『二十六かあ。僕がその年頃には、いつも恋をしていたね』

祖父と同い年の杉野は、今年八十歳になるはずだ。顔にも手にも年相応の皺が刻まれているが、それすらも上品で、昔は相当の美男子だったのだろうとわかる。

『杉野さん、モテたでしょう？』

『過去形にしないでくれるかな。今だってそれなりにモテる』

杉野がにやりとする。拓人は『失礼しました』と苦笑した。

『恋はいいものだよ。拓人くんも恋をしなさい』

『はあ……』

恋愛は、しなさいと言われてするものではないと思うのだけれど。

『恋なんて面倒くさい？』

『そうじゃありませんけど、出会いがありません』

『何もかしこまる必要はないんだよ。ちょっと外に出てごらん。出会いなんてそこいらにいくらでも落ちているから』

「そこいらって、どこいらだよ」

ひとりごちながらついた今日何度目かのため息が、十月の雑踏に紛れて消えていく。

「そんなにあちこちに出会いが落ちてるわけないじゃん」

そもそも拓人は恋をしたいとは思っていない。恋などする暇があったら、少しでも祖父のコーヒーに近づける努力をしなければならない。

——正直、今は恋どころじゃない。

客離れの進む喫茶店のマスターは常に金欠で、夕食は半額のシールが貼られたスーパーの総菜と決まっている。今夜は何にしようかなと考えながら真っ直《す》ぐ総菜売り場に向かう。種類は豊富だが、ここ数年毎日食べ続けているので「初めまして」の総菜は少ない。

半ば思考を放棄して、エビフライとマカロニサラダをかごに放り込んだ時だ。売り場の片隅に幼い男の子が立っているのが目に入った。保育園児くらいだろうか、今にも泣きだしそうな顔であたりをきょろきょろ見回す様子は、疑いようもない〝ザ・迷子〟だった。

できる限り面倒事には関《かか》わり合いたくないし、特別子供好きでもない。それでも拓人が男の子に声をかけようと思ったのは、自分も同じ年頃の時、母に連れられて訪れたデパートで迷子になった経験があったからだ。あの時の心臓を絞られるような緊張と不安は、二十年以上経った今も忘れられない。

拓人はゆっくりと男の子に近づく。そしてぎゅっと拳《こぶし》を握って不安に耐えている男の子と、目の高さを合わせるようにしゃがんだ。黒目の大きなくっきりとした二重の目元は、小動物を思わせる可愛らしさだ。

「どうしたの？　誰《だれ》かを探してるの？」

できるだけ穏やかな笑顔で尋ねると、男の子はべそをかきながらこくりと頷いた。

「誰と一緒に来てたの？」

「パパ。いっくん、ちゃんとお菓子のとこで待ってたのに……すぐ来るって言ったのに」

どうやら父親は息子に「お菓子コーナーにいなさい」と言いつけて、他の買い物をしているらしい。父親がなかなか迎えに来ないので、男の子は待ちくたびれて、菓子コーナーを離れてしまったのだろう。

あたりを見回してみても、父親らしき男性の姿は見当たらない。一緒にフロアを探して歩こうかと思った時、店の出入口付近で乱れたカートの整理をする店員の姿が目についた。

「いっくん、名前教えてくれる？」

「……いつき」

「いつきくんか。お兄ちゃんがお店の人に、いつきくんのパパを探してくれるように頼んであげる。おいで、一緒に行こう」

つやつやの黒髪をくりんと撫《な》でると、いつきは素直に頷き、差し出した拓人の手をぎゅうっと握った。幼い子供とは思えない強さは、そのまま彼の不安の強さなのだろう。

「大丈夫。すぐに見つかるよ」

少しでも元気づけようと、小さな手を握り返したその時だ。背後から「待て！」という男の叫び声が聞こえた。弾《はじ》かれたように振り返ったいつきが「あ、パパ！」と叫ぶ。

「パパ？　――うわっ」

やれやれよかったと思う間もなく、強い力でいきなり右肩を引っ張られた。その勢いで手にしていた買い物かごが床に落ち、パックから飛び出したエビフライが床に転がった。

何が起きたのかわからないまま振り返ると、背の高いスーツ姿の男性が鬼のような形相で仁王立ちしていた。

——うわ……。

一瞬、拓人は現状を忘れ、その立ち姿に見入ってしまった。

手足の長いすらりとした体軀《たいく》に、仕立てのよさそうなスーツがとても似合っている。切れ長の目と真っ直ぐな鼻梁《びりょう》はまるで計算されたようにバランスがよく、理知的で上品だ。高級紳士服のＣＭに出てきそうな風貌なのに、その顔にはなぜかただならぬ怒気が滲《にじ》んでいる。

「パパァ……うう……」

父親の顔を見て安心したのか、いつきはぽろぽろと大粒の涙を零《こぼ》して泣きだした。

「維月《いつき》、大丈夫か？　怪我《けが》はないか？」

維月がしゃくり上げながら「うん」と頷く。男性はふたたび拓人を睨《にら》みつけた。

「逃げるなよ。今、警察を呼ぶ」

「警察？」

「未成年者略取誘拐罪は三月以上七年以下の懲役だ。たとえ未遂でも罰せられる」

「ちょ、ちょっと、待ってください」

ここへきて拓人はようやく己の置かれた状況を理解した。男性は菓子コーナーから姿を消した息子・維月を探し回っていた。ようやく見つけた維月は、見知らぬ若い男に手を引かれて店の外に連れ出されようとしているところだった。すわ誘拐！　と駆けつけた男性は、卑劣《ひれつ》な誘拐犯――つまり拓人を捕まえ、維月をその手に取り戻したのだろう。

「お、おれ、違います。誤解です」

冗談じゃない。

慌てて買い物かごを拾おうとすると、男性の右手が拓人の二の腕を強く摑《つか》んだ。

「痛っ……は、放してください。話を聞いてください」

「言い訳は警察でしろ」

男性が左手で、ポケットのスマホを取り出した。

「ちょっと待ってください！　おれは誘拐なんて――」

たまらず大声を上げた時、父親の太腿《ふともも》にしがみついていた維月が「あのね、パパ」と上着の裾《すそ》を引っ張った。

「どうした、維月」

「あのね、お兄ちゃんね、パパをさがそうとしてくれたの」

「……え？」

「いっくん、お菓子のところでずうっとずうっと待ってたのに、パパちっとも来ないから、どこかなあって、さがしてたの。そしたらね、このお兄ちゃんが来てくれたの」

維月はたどたどしい口調で事の次第を説明しながら、店の出入口を指さした。男性の視線が自動ドアの向こう側でカートの整理をする店員の姿を捉《とら》えた。

「そ、そうだったのか」

その顔からみるみる怒りの表情が消えていく。代わりに浮かんだのは狼狽《ろうばい》の色だった。

「大変申し訳ありませんでした！」

深々と腰を折り、男性が謝罪する。

「事情も聞かずに、いきなり誘拐犯と決めてかかったりして、本当にすみませんでした」

「ああ、いえ……」

突然背後から肩を引かれたことには驚いたが、幼い我が子が見知らぬ男に手を引かれているのを見て、誘拐と勘違いして慌てる気持ちはわからなくもない。

「大丈夫ですから、頭を上げてください」

男性がゆっくりと顔を上げる。

ふたたび正面から男性と向かい合った拓人は、あらためてその風貌に見惚《みと》れた。

――こんなにスーツが似合う人、初めて見た。

スーツ紳士は先ほどまで全身に漲《みなぎ》らせていた怒りのオーラを完全に解き、ひたすら恐縮している。背中を丸めすぎて数センチ身長が縮んだように見えるのに、それでも圧倒的な美男子だった。

「どうお詫《わ》びをすればいいのか……肩、大丈夫でしたか？」

「平気です。全然」

「目を離した自分が悪いのに、親切で声をかけてくださった方を疑ってしまうなんて……お詫びの言葉もありません」

「本当に大丈夫ですから。気にしないでください」

——なんというか……。

謝罪のためだとわかっていても、凛々《りり》しい瞳で真っ直ぐに見つめられると、胸がざわざわして落ち着かない気分になる。誘拐犯の疑いは晴れたというのに、動悸《どうき》は収まるどころか速まる一方だ。

拓人はドキドキをごまかすように、父親の太腿にしがみついたままの維月に向かい「パパに会えてよかったね」と微笑んだ。維月は「うん」と頷き、ようやく笑顔を見せた。べそをかいていても可愛かったけれど、安心し切った笑顔は咲き誇るひまわりのように明るく、たまらなく愛らしい。

「お兄ちゃん、どうもありがとうございました」

頬《ほお》を濡《ぬ》らしたまま父親と同じように深々と頭を下げる。今さっき出会ったばかりだというのに、愛《いと》おしさが込み上げてくる。

「どういたしまして」

「エビさん、かわいそう」

維月の呟《つぶや》きに、男性はハッとしたように床に落ちた買い物かごを拾い上げた。

「お詫びをさせてください」

「いえ、本当にお気になさらず」

床に転がったエビフライをこんなに格好よく拾い集める人間は、日本広しといえどこの人の他にいないだろう。

「そうはいきません」

スーツ紳士が立ち上がる。その目元が優しく緩んで、男前度がさらに跳ね上がった。

――うわ、ヤバイ……。

心臓がドックンドックンと季節外れの運動会を始める。

さっき摑まれた腕が、ぽっぽと火照るような気がした。

御影慶一《みかげけいいち》。それがスーツ紳士の名前だった。スーパーマーケットからほど近いマンションに住んでいるという。『小暮珈琲』からも徒歩十五分ほどの距離だ。大丈夫だからと遠慮したのに、どうしても自宅まで送らせてほしいと何度も頭を下げられ、甘えることにした。

「こんなにたくさん買っていただいて……」

床に転がってしまったエビフライの代わりにと、慶一は大量の総菜を買ってくれた。ヒレカツ、ローストビーフ、松茸《まつたけ》おこわに特上にぎりと、普段拓人が手を出すのを躊躇《ためら》っている価格のものばかりだ。しかも『半額』のシールは一枚も貼られていない。

「なんだかかえって申し訳ありませんでした」

チャイルドシートの維月と並んで後部座席に座った拓人は、先刻の慶一と同じくらい恐縮する。

「親切で維月に声をかけてくれたのに、俺の早とちりで不愉快な思いをさせてしまったんです。せめてそれくらいさせてください」

「パパのはやとちのおわびです」

チャイルドシートの維月がえへへと笑う。天真爛漫《らんまん》。まさに天使の微笑みだ。

「維月、はやとちじゃなくて、早とちり」

「はやち、とり？」

「早とちり……もういい。これからは維月がお菓子を選ぶまでその場で待つことにする。また迷子になったら大変だからな」

「さっさとえらびなさいって、言わない？」

「言うに決まってるだろ」

「え～、いっくん、ゆっくりがいい」

維月は顔を顰める。微笑ましい父子の会話に、拓人は思わず笑ってしまった。

おまけつきの菓子は月に二回。一回にひとつだけ。それが御影父子のルールだという。滅多に買ってもらえないおまけつき菓子を、維月は毎回とても真剣に選ぶ。あまりに時間がかかる時は、慶一は売り場を離れないことを約束させ、急いで他の買い物を済ませることにしていたのだが、この日はクリーニングに出していたスーツの受け取りに思いのほか時間がかかり、維月が痺《しび》れを切らしてしまったらしい。

「小暮くんには本当に迷惑をかけてしまったね」

ルームミラー越しに慶一と目が合う。左右反転しても美男子はやはり美男子だった。三秒以上見つめ合ったら心臓が運動会を再開してしまいそうで、拓人は慌てて視線を外した。

「本当にもう、気になさらないでください」

「パパ、こぐれくんってだれ？」

「お兄ちゃんのことだろ」

「お兄ちゃんの名前は、こぐれくんじゃなくて拓人くんだよ。さっきおしえてもらったもん。ね、拓人くん？」

維月は拓人の顔を覗《のぞ》き込むように首を傾《かし》げる。

「あのね、いっくんね、拓人くんに、おねがいがあるの」

「お願い？　なんだろう」

こんなに可愛い天使の願いなら、なんでも叶《かな》えてやりたくなる。自分がもし維月の父親なら、おまけつき菓子を毎日山ほど買い与えてしまいそうだ。

「拓人くん、いっくんのママになってくれませんか？」

「……はい？」

ママと言った気がしたが、聞き間違いだろうか。まさか維月の目に、自分は女性に映っているのだろうか。

――いやいや、さっき『お兄ちゃん』って呼ばれたし。

「イケメンべんごしのパパも、おまけについてきます」

「こら、維月。お前はまたそんなことを」

おまけ扱いされた慶一が慌てて振り向く。

――また？

ママにスカウトされたのは自分が初めてではないということだろうか。

「維月、いい加減にしなさい――ごめんね、小暮くん」

「ああ……いえ」

戸惑いながら、拓人は脳内になだれ込んできた情報を整理していた。

慶一の職業は弁護士。そして維月にはママがいない。つまり慶一には現在奥さんはいないということだ。

――離婚……とかかな。

「パパ、こぐれくんじゃなくて、拓人くん」

「あのな維月、小暮くんでも間違いではないんだ。人には苗字《みょうじ》と名前があると、前に教えただろ？　維月の苗字は御影。拓人くんの苗字は――」

「拓人くんは拓人くん」

天使は意外に頑固だった。初対面なのにいきなり名前で呼ぶのはいかがなものかという、慶一の困惑が伝わってくる。

「いいですよ。拓人で」

苦笑交じりの助け舟に、ミラーの中の慶一が眉尻《まゆじり》を下げた。

「本当に……何から何まですまない」

困り果てたような笑みも、やっぱりため息が出るほど素敵だった。

だらしなく歪《ゆが》みそうになる口元を、拓人は慌ててきゅっと引きしめた。

店の正面で降ろしてもらった。

「へえ、近所にこんな喫茶店があったなんて知らなかったな」

車から降りた慶一が、看板を見上げた。

「レトロで素敵な店構えだ」

「ありがとうございます。レトロというか、ただ古いだけなんですけど」

亡くなった祖父の店を継いだのだと話した。

「うわあ、おいしそう」

ドアの脇《わき》に設《しつら》えたガラスのショーケースに、維月がべったりと貼りついている。

「いっくん、これがいい。この、ごうかなプリン」

「プリンアラモードね」

「ぷりん、あらどーも？」

アラモード、と横で慶一が笑う。

「拓人くん、ぷりんあらどーもを、おねがいします」

「お願いしますって、維月、お店はもうおしまいだ」

維月が「ええ〜」とがっくり肩を落とす。

「一生のおねがい。いっくん、ぷりんあらどーもが食べたい」

「ダメだ。もう晩ご飯の時間だろ」

一生のお願いをサクッと拒否し、慶一は維月をひょいと抱き上げた。

「やだ。いっくんまだ拓人くんとお別れしない。バイバイしない」

別れの気配を察したのか、維月は慶一の肩口に顔を埋《うず》め、いやいやと首を振った。

——すっかり懐かれちゃったな。

離れがたいのは拓人も同じだった。せっかく出会えたのにこれっきりになるのは寂しい。維月とも、慶一とも。

よかったら上がっていきませんか。誘いの言葉が出かかった時、その声は突然蘇《よみがえ》った。

『重い』

——いけない。

久しぶりに悪い癖が出た。さっき会ったばかりなのに家に上がってほしいなんて。維月をどう宥《なだ》めようかと悩んでいると、慶一が先に口を開いた。

「拓人くん、もしよかったら今週末、食事でもどうだ」

「え？」

「今日のお詫びに、何かご馳走《ちそう》させてほしいんだ」

「マ……」

——マジですか？

日はすっかり暮れているのに、あたりが一瞬ぱあっと明るくなった気がした。口から飛び出しそうになった「喜んで」を慌てて呑《の》み込んだ。

「お総菜を買っていただいただけで十分です」

「維月も別れがたいようだし、もし迷惑でなければ」

「迷惑だなんて……」

ドキドキとウキウキの嵐《あらし》が吹き荒れる胸の内を気取られまいと、必死に困惑の表情を作る。

「もしかして先約があったかな？」

「えっ？」

先約なんてあるはずもない。三百六十五日、拓人のカレンダーは真っ白だ。

「すまない。さすがにちょっと強引だったな。維月が珍しく初対面の人に懐いたものだから、俺もつい嬉《うれ》しくなってしまって」

はっきりしない態度を「乗り気じゃない」と判断されてしまったらしい。拓人は慌てる。

「あ、空いてます、週末」

一瞬、声が上擦《うわず》った。

「本当に？」

「予定はありません……今週は、たまたま」

「それはラッキーだった」

維月も慶一に抱かれたまま「わあい」と大喜びした。

「ねえ、拓人くん、いっくんのおうちに来て」

「パパね、おりょうりがすご～く上手なんだよ？　とってもごうかなの」

「こら維月、嘘《うそ》をつくんじゃない」

「うそじゃないもん。リョウくんもヒメちゃんも『いっくんのパパ、おりょうり上手だね』って言うもん」

「お弁当の話だろそれは」

保育園は基本的に給食だが、ごくたまに弁当持参の日があるのだという。慶一の弁当は維月の友達の間でなかなか評価が高いらしい。慶一はちょっと照れたように苦笑した。

「ぜひ拝見したいです。お弁当」

「はいけんして！　はいけんして！」と、維月がはしゃぐ。

「そうだな。うちに来てもらうことにしようか」

小さい子供を連れて入れる飲食店もあるが、周りに迷惑をかけないように「静かにしなさい」「おとなしくしなさい」と注意するのは正直気疲れするし、子供も可哀《かわい》そうなのだと慶一は言った。

「維月が無駄にハードルを上げてくれたけど、実際大したものは作れないんだ。ごく普通の家庭料理でよければ、ぜひ」

「それではお言葉に甘えて」

――連絡先とか聞いておいた方がいいかな。

いそいそとポケットのスマホを取り出そうとした時、また別の声が蘇った。

『いい加減うざい』

盛り上がっていた気持ちが、すーっとその温度を下げる。

――危ない危ない。

会ったその日に電話番号なんか聞いたりしたら、またあの頃と同じことになる。ポケットの中でスマホを握ったまま表情を硬くしていると、慶一が「そうだ」と近づいてきた。

「よかったら連絡先を――」

「もちろんです」

光の速さでスマホを取り出すと、慶一がぎょっと目を剝《む》いた。

――しまった。

背中に冷や汗が流れる。これではまるで連絡先を聞かれるのを待っていたみたいだ。

「……すみません」

「何が？」

「……いえ」

慶一の口元が微《かす》かに震えている。笑いをこらえているのだろう。拓人は唇を嚙《か》みしめて俯《うつむ》くしかなかった。

──神さま。クールは難しいです。

連絡先を交換しながら、拓人はひっそりとため息をついた。

ふたりの乗った車が去っていくと、ふつふつと嬉しさが込み上げてきた。

「御影慶一さん……かっこよかったなぁ」

テールランプが見えなくなるのを待って、拓人はようやく表情をてれんと崩した。

「弁護士かぁ。スーツが似合うわけだ。あー、なんかまだドキドキしてる」

クールを装って硬くなった頬の筋肉を、両の手のひらで擦《こす》りながら呟いた。

世の弁護士がすべてスーツ紳士というわけではないだろうけれど、慶一に限って言えばさもありなんだ。息子の維月も「イケメンべんごし」だと認めていた。しかも料理上手なんて、天は慶一に一体「何物」与えたのだろう。

──あんな素敵な人と出会えるなんて。

拓人はそっと目を閉じる。

杉野の言ったことは本当だった。出会いは近所のスーパーマーケットに落ちていた。

拓人の恋愛対象は同性だ。十代の頃にはつき合った相手もいた。

高校二年生の夏、拓人は同じクラスの男子から告白をされた。生徒会の副会長だった彼は長身のイケメンなうえに成績優秀で、廊下を歩いているだけで女子生徒から『きゃっ』

と声が上がる人気者だった。そんな彼から『拓人のこと、前から気になっていたんだ』と告げられた時は、信じられない気持ちでいっぱいだった。

同級生たちの恋愛話の輪に入ることもなく、いつも教室の片隅でコーヒーの専門書を読み漁《あさ》っているような自分に『つき合ってほしい』と言ってくれた。恋人なんてきっと一生できないだろうと思っていたから、素直に嬉しかった。

生徒会のある日は校門の外で彼が出てくるのを待った。彼の好きな作家、行きつけのカフェ、好きな服のブランドまであっという間に調べ上げ、日々の会話には最高の相槌《あいづち》を打つことを心がけた。生来の研究体質で、これと決めたらとことんのめり込んでいく拓人にとって、それくらいのことは朝飯前だった。何より数多《あまた》いる男子の中から自分を選んでくれた彼の気持ちに応《こた》えたくて一生懸命だった。

ところがそんな拓人の努力とは裏腹に、彼の態度は次第に醒《さ》めていった。つき合って三ヶ月もする頃には、『帰り、待ってなくていいよ』と言われてしまった。自分の何がいけないのか、まだ努力が足りないのか、さっぱりわからないまま彼の誕生日が訪れた。

あれこれ悩んでプレゼントに選んだのは、彼の好きな作家の全集だった。全七巻。痛い出費だったが、彼を喜ばせることができると思えば惜しくなどなかった。

『重い』

ずっしりとした紙袋を手渡そうとすると、彼がひと言呟いた。

『ああ、ごめん、やっぱり重いよね。七冊は』

『違う。本じゃなくて、お前が重いの』

『え？』

『その作家もう飽きたから。しかも俺、最近電書ばっかだし』

『そ、そうだったんだ』

知らなかった。そういえばもう一週間以上ろくに話をしていない。

『正直に言わせてもらうと、毎日校門で待つとか必死すぎて引くわ。拓人って他のやつとつるんだりしなくて、わりとクールっぽかったから好みかなと思ったけど全然違った。もう無理。別れよう』

七巻の全集が重いのはわかっていたけれど、下校時間を合わせることが重い行為だとは知らなかった。背を向けて去っていった彼とは、卒業まで一度も言葉を交わすことはなかった。

さすがに落ち込んだ拓人だったが、三年生に上がると別の男子に『つき合ってほしい』と告白された。サッカー部の部長だった彼も、女子に人気の爽《さわ》やか系イケメンだった。今度は絶対に校門で待ったりしなかった。趣味や好みを調べたりもしなかった。ただ自分がコーヒーに夢中なように、すべてをかけて部活に熱中する彼を応援したくて、試合がある日には必ず会場に駆けつけた。

他の部員にからかわれたりしないように、物陰からこっそりエールを送った。勝った日には『おめでとう。かっこよかったよ』、負けた日には『ドンマイ。次は大丈夫』と、メッセージを送ることも忘れなかった。

——同じ過ちは犯さない。絶対に。

そう思っていたのに、半年もしないうちに拓人はまたしても振られた。

『次の試合はきっと勝てるよ。おれ昨日、流れ星見たんだ。だからお祈りを——』

『いい加減うざい』

『……え』

『試合のたびに毎回こそこそ応援とかいちいちメッセージとか、必死すぎて引くわ。流れ星にお祈り？　マジドン引きだわ』

別れよう。そう言って、彼もまた拓人の前から去っていった。

自分はそんなに重いのだろうか。そんなにうざいのだろうか。前回以上に落ち込んだ。一緒に帰ろうと校門で待つことも、試合の応援に行くことも、励《はげ》ましのメッセージを送ることも、すべて重くてうざいのだとしたら、恋愛って一体なんなのだろう。世の恋人たちは何をして過ごしているのだろう。

どうやら自分には「重くない」「うざくない」ごく普通の恋愛ができないらしい。恋愛に向かない体質なのだ。十八歳にして拓人は悟った。大学進学後も声をかけてくれた相手は何人かいたが、いまひとつ積極的になれず、終《つい》ぞ恋愛に発展することはなかった。

——子供がいるってことは、慶一さんストレートなんだろうな……。

それでもこうして出会ったのも食事に誘ってもらえたのもきっと何かの縁だ。人の縁は大切にしなさいと、祖父がいつも言っていた。

——三十四歳って言ってたよな。

あと八年したら、自分もあんなふうに落ち着いた雰囲気の男になれるだろうか。想像して苦笑する。

——どう考えても無理だ。

「スーツの似合う超イケメン独身弁護士。世間が放っておくはずがないよなあ……ああもうっ、思い出したらまたドキドキしてきた」

素敵すぎる笑顔が脳裏に貼りついて離れない。見慣れた天井を仰ぎ、拓人はふうっとため息をついた。

「大人の恋を満喫しているんだろうなぁ……ていうか、大人の恋ってどんな恋なんだろう」

何ひとつ具体的に浮かんでこないけれど、ただひとつ言えることは、大切なこの縁を台無しにしないために、くれぐれも同じ轍《てつ》を踏まないようにしなくてはならないということだ。間違っても前のめりになって『必死すぎて引かれる』ような言動を取ってはならない。

「重くない、うざくない、クールでドライな大人の男に……おれはなる」

拓人は大きく頷き洗面所に向かった。鏡に映る自分とにらめっこをする。

年齢より少し幼く見える以外これといって特徴はない。二十六年間見慣れた顔だが、突然イケメン弁護士に出会った衝撃で頰の筋肉が緩みまくっている。瞳の奥にはお花畑が。

「ダメだダメだ、これじゃ」

いかにも相手の好きな作家の全集をプレゼントしたり流れ星に試合の勝ちを祈ったりしそうな顔だ。拓人はぶるぶると頭を振り、きりっと表情を引きしめた。

視線は涼しげに。口元はきりっと。恋とか別にどうでもいいんですよねおれ、という雰囲気を作ってみる。

「こんな感じかな……まあ、表情は悪くない」

しかし今度はボサボサに伸びた髪が気になる。

「そういえばしばらく髪切りに行ってないな。あ、あと服も買わないと」

伸び切った前髪や膝《ひざ》の伸びたパンツは、どう考えてもクールじゃない。

「まずは見た目からだ」

拓人は「うむ」とまたひとつ頷き、その場で美容院に予約を入れた。

「承知いたしました。では週明けに……え？　今からですか？」

スマホを耳に当てたまま、慶一は眉間《みけん》に皺を刻んだ。

「申し訳ありません、今日はちょっと……月曜一番で対処いたしますので……はい……それでは失礼いたします」

＊＊＊＊＊

土曜の朝、社長からの突然の電話に、我知らず大きなため息が零れた。

慶一は大手電機メーカー・松菱《まつびし》電機に勤める企業内弁護士《インハウスローヤー》だ。数年前まで、企業は弁護士と顧問契約を結ぶことが一般的だった。しかし近年コンプライアンス経営の強化が求められるようになり、法務リスクに迅速かつ内密に対応する必要が高まってきたことから、企業内弁護士を雇用する企業が増加しつつある。

最も多い業務は契約審査だ。取引先企業との契約内容について審査し、自社が被《こうむ》るリスクを回避する。契約内容について法令にそぐわない点がないかどうかを精査することも重要な任務だ。ひとたび不祥事が起これば全力で対処し、再発防止のため社内に法令遵守指導をする。陰になり日向になり会社を支える。それが企業内弁護士だ。

八年前、松菱電機の企業内弁護士第一号として採用された慶一は、これまで何度も会社の危機を救ってきた。そんな慶一に、社長は並々ならぬ信頼を寄せている。

「信頼してくれるのはありがたいんだが……」

休日の電話に、何かあったのかと緊張していると、社長は開口一番こう告げた。

『大変なことになった。女房に浮気がバレそうだ』

たっぷり五秒間沈黙した後、慶一は『は？』とひと言発した。

『は？　じゃないよ御影くん。実に困ったことになった。これはわが社存亡の危機だ』

実は半年前から自社の女子社員と親密な関係を持っていたと、社長は悪びれることもなく告白した。ところがその女子社員が、先月突然『関係を奥さんにバラす』と脅してきた。蜜月《みつげつ》だと信じていた社長は泡を食い、口止め料として彼女に五十万円を渡した。素直に受け取った彼女だが、三日後『あれじゃ足りない』と迫ってきたのだという。

『なぜ先月の時点で相談してくださらなかったんですか』

身から出た錆《さび》。喉《のど》まで出かかった言葉を呑み込む。

『五十万も渡せばなんとかなると思ったんだよ。どうやら相場を読み違えたらしい。とにかく早急に事態打開について打ち合わせをしたい。今から来られるか』

『え？　今からですか？』

芳《かんば》しくない反応に、維月の存在を思い出したのだろう、『週明け一番で対処する』ことで社長は渋々納得した。

仕事熱心だし人脈は豊富だ。日本屈指の経営手腕を持っていることに間違いはない。七十歳手前とは思えない若々しい見た目と言動で、社員からの支持もある。傍目《はため》には完璧《かんぺき》に見える社長の唯一の欠点、それが女癖の悪さだ。しかも当該女子社員が初めてではない。むしろよく今まで奥さんに隠し続けてこられたものだと感心する。

——そもそもこれは俺の仕事なのか？

顧問弁護士だったらやんわりと断ることもできたかもしれないが、企業内弁護士はあくまで社員だ。安定した収入と福利厚生を保証される代わりに、社員としての命綱は経営者に握られている。

「まったく……浮気とか、勘弁してくれ」

真っ暗になったスマホの画面を見つめながらひとりごちていると、仕事部屋のドアが小さく開いた。

「パパ、おでんわおわった？」

ドアの隙間《すきま》から、維月が遠慮がちに顔を覗かせた。仕事部屋のドアに耳を当てて、電話が終わるのを待っていたのだろう。

「ごめんごめん。終わったよ」

「じゃ、もうしゅっぱつできる？」

「ああ。おトイレを済ませなさい」

「はあい」と元気よくトイレに向かう維月の足音を聞きながら、慶一はようやく椅子《いす》から立ち上がった。

先週、近所のスーパーで小暮拓人という青年に出会った。誘拐犯と勘違いしてしまったお詫びにと食事に誘ったのだが、維月の意向で自宅に招くことになった。維月と暮らすようになる前の慶一は、料理などしたことがなかった。目の回るような忙しさの中、朝晩キッチンに立つのは、他でもない維月がいるからだ。

赤ん坊の頃、食が細く病気がちだった維月のために、栄養のバランスを考えて食事はなるべく手作りにしようと決めた。おかげでこの頃は好き嫌いもなくなり、身体《からだ》も目に見えて丈夫になった。特に弁当には力を入れているので、保育園では「料理上手のパパ」と評判になっているらしいが、幼児が喜ぶメニューを拓人が喜んでくれるかどうかは微妙だ。

――さすがに今夜は大人向けのメニューにしないと。

スーパーでの出来事を思い出し、慶一は小さく口元を緩めた。

迷子になった維月に声をかけ、店員のところに連れていってくれようとした。きっと心根の優しい青年なのだろう。ただなぜか不自然に感情を抑えようとしている節があった。最初こそ素直に感情を表していたのに、慶一が謝罪をしたあたりから徐々に表情をコントロールしようとし始め、自宅である喫茶店に送り届ける頃には完全に挙動不審だった。理由はまったく不明だ。

弁護士という職業柄、慶一はわずかな表情や態度の変化から、相手の本音や感情の変化を読むのが得意だ。瞬きを繰り返す、視線を逸《そ》らす、咳《せき》ばらいをする、腕を組む、脚を組み替える——無意識に漏れてしまう感情の変化を、慶一は冷静かつ正確に読み取る。

食事に誘った時、拓人の顔には明らかな喜びが浮かんだ。しかし即座にその笑みを消し、あたかも困惑しているかのような表情を顔にぺたりと貼りつけた。遠慮しているのだろうかと思ったが、どうやらそうではなさそうだった。

——乗り気じゃなさそうな表情をしておきながら、あの慌てようは……。

『あ、空いてます、週末』

上擦った声を思い出し、慶一はふっと微笑んだ。連絡先の交換も、まるでポケットの中でスマホを握りしめて、連絡先を聞かれるのを待っていたような素早さだった。

——ちょっと変わった子だったな。でも。

青くなったり赤くなったり忙《せわ》しなかったが、なかなかきれいな顔立ちをしていた。

——睫毛が長かったな……。

女性っぽくはないが『可愛い』という表現がぴったりだ。拓人の顔を思い出しながら着替えを済ませ、居間に出るとトイレから戻った維月が飛びついてきた。

「パパ、はやく。拓人くんが来ちゃうよ」

まだちゃんと読めもしないくせに、維月はきりっと壁の時計を指さす。

「拓人くんが来るのは夜だぞ。9のところにある短い針が、6のところに行かないと来ないよ。買い物して、料理作って、お昼寝しても大丈夫だ」

「おひるねしない！　いっくん、拓人くんが来るの待ってる！」

あれから維月は事あるごとに拓人の名前を口にするようになった。維月がこれほど他人に懐くのは初めてのことで、慶一は少々驚いていた。

「パパ、クマさんおにぎり、ぜったい作ってね。あとにんじんはウサギさんにして」

「クマさんのおにぎり、やっぱり作らないとダメか？」

「ダメ。だってパパのクマさんおにぎり、さいこうってみんな言うもん」

大人向けのメニューをあれこれ頭に描いていた慶一は、半笑いで肩を竦《すく》めた。

「はいはい、わかりましたよ」

はやくはやくと維月に急《せ》かされながら、慶一は買い物へと出かけた。

時計の短針が6を指すのを待っていたように、玄関の呼び鈴が鳴った。

「来た！　拓人くん来たよパパ！」

玄関に座り込んで待っていた維月が、弾かれたように飛び上がりドアを開けた。

「拓人くん、いらっしゃいませ！」

太腿に抱きつく維月の頭を撫でながら、拓人は「お招きいただきありがとうございます」と丁寧にお辞儀をした。黒のシャツにホワイトジーンズというシンプルな服装が、細身だがバランスの取れた体軀によく似合っている。

「あれ、髪切った？」

長い前髪に半分隠れていたアーモンド形の目が、今日は露《あら》わになっている。髪をジェルで撫でつけているからだろう、先日よりずいぶん洗練された雰囲気になっていた。

「たまたまです。前から予約入れていたので」

「……たまたま」

「はい。たまたま」

断じて今日のために美容院に行ったわけではない。そう言いたいらしい。

「これ、どうぞ」

靴を脱ぐなり、拓人が紙袋を差し出した。

「気を遣わなくていいと言ったのに」

「店で出している豆ですから」

「豆……」

一瞬、眉をピクリとさせてしまったのは失敗だった。

「もしかしてコーヒー、苦手でしたか？」

「いや、そうじゃないんだ。コーヒーは大好きだ」

昔は当然のようにレギュラーコーヒーを買って自分で淹れていたが、維月の世話に時間を取られ、この頃はインスタントばかり飲んでいる。

「実はこの家にはミルもドリッパーもないんだ」

正直に告げると、拓人はハッとしたように「すみません」と頭を下げた。

「なぜきみが謝る」

「気が回らなくて。戻って取ってきます」

「え？」と驚く慶一の前でくるりと踵《きびす》を返すと、拓人は脱いだばかりの靴に足を突っ込み玄関を飛び出していってしまった。

「拓人くん！」

「拓人くん、まってぇ！」

追いかけようとする維月に「すぐに戻ってくるから、ちょっと待ってて！」と叫び、エレベーターホールに続く廊下を曲がってしまった。

「行っちゃった……」

「コーヒーを淹れる道具を取ってくるそうだ」

呆然《ぼうぜん》とする維月の肩をポンと叩《たた》きながら、慶一は込み上げてくる笑いを嚙み殺していた。

なぜなら走り去る拓人の項《うなじ》に、洋服の値札が揺れていたからだ。

——あの黒いシャツ、新調したのか。

そういえば靴もピカピカだった。乗り気じゃなさそうにしていたのは、やはりただのポーズだったらしい。何を着ていこうかと真剣に悩んでいる拓人の姿を想像したら、つい口元が緩んでしまった。

「パパ、なんで笑ってるの？」

「なんでもないよ。すぐに戻ってくるそうだから、グラタンを焼いてしまおう」

「はあい！　グラタン、いっくんがオーブンに入れたい」

「パパと一緒に入れよう」

しばらくかかるだろうと思っていたが、グラタンが焼き上がる直前にミルとドリッパーを手にした拓人が戻ってきた。

「お……お待たせ、いたしました……」

予想の半分の時間で戻ってきたところをみると、全力疾走で往復したのだろう。せっかく撫でつけた髪を乱し、肩でぜえぜえと息をしている。

「そんなに急がなくてもよかったのに」

「足……はぁ……めちゃくちゃ速いんです、おれ……」

「拓人くん、汗びっしょりだよ」

「維月、脱衣所からタオル取ってきてくれ」

「オッケー」

維月が脱衣所に向かった隙に、慶一は「襟が乱れている」と拓人の背中に回り、用意しておいたハサミで値札を切ってやった。

——それにしても細いな……。

白くきめの細かい項が、汗でしっとりと湿っている。一瞬よからぬ感情が過《よぎ》り、慶一はすっと視線を逸らした。


オムレツにケチャップで描いたネコは、維月のリクエストだ。親子共同制作のグラタンは、ウサギの型抜きをしたニンジンの甘煮で飾った。大きな皿にコロコロと並んでいるのは、海苔《のり》を駆使したクマさんおにぎり。大人向けのメニューをと考えていたが、維月に「パパのおりょうりはさいこう」と押し切られ、結局普段通りのメニューになってしまった。せめてもと追加したシーザーサラダとタイのカルパッチョがなければ、保育園のお弁当の再現だ。

「おいでなんて誘っておいて、子供向けの料理ばかりですまない」

恐縮する慶一に、拓人はふるふると頭を振った。

「見た目の可愛さに騙《だま》されそうですけど、味はどれもすごく美味しいです」

お世辞でないことは、箸《はし》の進み具合でわかる。ポーカーフェイスをキープしながらも、拓人は次々と料理を口に運んでいる。

「そう言ってもらえて安心した」

実はグラタンはホワイトソースから手作りをしているし、オムレツの卵もトロトロにこだわっている。

「パパのおりょうり、さいこうでしょ？」

「本当に最高だね。すごく美味しい」

「あのね、グラタンはね、いっくんもお手伝いした」

「そうなんだ。どうりでグラタンが一番美味しいと思った」

「でしょっ！」

片頰を膨らませて微笑み合うふたりを見ていると、まるで仲のいい兄弟のようだ。

拓人がネコ型のニンジンをじっと見つめる。（か……可愛い）という心の声が聞こえてきそうなほんわりとした表情に、慶一は思わず眦《まなじり》を下げる。

——ふうん、こんな表情もするんだ。

幼さが滲む顔をずっと見つめていたかったのに、慶一の視線に気づいた拓人は、一瞬でその表情を硬くした。

——一体なんなんだろう。

わけがわからない。慶一は心の中で思い切り首を傾げた。

「維月、ほっぺにケチャップがついてるぞ。こっち向きなさい」

「なんでふきんなの？　いっつもみたいに、チュウしてとって」

「ダーメ。拓人くんが見てるだろ。こら、じっとしなさい」

マシュマロのような柔らかい頬を布巾《ふきん》で拭《ぬぐ》っていると、横顔に視線を感じた。食器棚のガラス扉に映る拓人は、慶一の方をじーっと見つめている。

——ガン見されてる……。

さっきからずっとだ。向き合っている時は、意図してなのだろう涼しげな表情を浮かべている。しかしひとたび横を向いた途端に、やけに熱の籠《こ》もった甘ったるい視線が容赦なく注がれるのだ。

——何がなんでも俺に笑顔を見せたくないのか……？

意味不明の態度に、慶一は心の中でもう一度首を傾げた。

食後、拓人が自らコーヒーを淹れてくれるという。

「コーヒーの味は、七割方が豆で決まります。残りの三割が焙煎と抽出です」

袋から豆を取り出しながら、拓人が教えてくれた。

「どの豆もいい顔していると思いませんか？　豆面、と祖父は言っていました」

「豆面か……」

「まめづらってなあに？」

「コーヒー豆のお顔のことだよ」

「コーシーのお豆には、おかおがあるの？」

「コーシーか。江戸っ子だな、維月は」

慶一が小さく噴き出す。江戸っ子・維月は豆をひとつ摘《つ》まみ上げ、「どこがおめめかなあ」と興味深そうに見つめた。

「コロンビアはいかにもコロンビアって顔をしています。ブラジルはブラジルっぽい顔だし。自分が惚《ほ》れ込んだ豆を愛情込めて焙煎し、挽《ひ》く。そうすれば必ず美味しいコーヒーになる……らしいです。おれはまだその域に達していませんけど」

拓人はなぜか自信なげに呟き、豆を入れたミルをガリガリと回した。

「いっくんも！　いっくんも、ぐるぐるやりたい！」

「いいよ。おいで」

拓人は維月を膝の上に乗せると、ミルのグリップを握らせた。もちろん上手に回せるわけもなく、拓人が手を添えて回してやる。「維月くん、上手だね」と褒められ、維月は顔を紅潮させて喜んでいる。

「これは、きみのところのオリジナルブレンド？」

「はい。『小暮珈琲』オリジナルブレンドです。モカ5、コロンビア3、ジャワ2の割合なんですけど、なぜか昔からモカとジャワは生豆の段階で量って、コロンビアだけ焙煎後に量るんです。非合理的なんですけど……」

「それが一番美味しい？」

湯の沸き加減を確かめながら、拓人が小さく頷く。

「自分なりに工夫して、何度か割合を変えてみたりもしましたが、悔しいけどやっぱり祖父のやり方が一番美味しくて」

拓人はあらかじめドリッパーにセットしておいたフィルターに、挽きたての豆を入れた。

カフェのカウンターに座ったような、香ばしい匂《にお》いがキッチンに広がる。

「すごくいい香りだ」

「昼に焙煎したばかりだからです。新鮮な豆を選んで、焙煎したてを挽いて、できるだけすぐに淹れる。基本中の基本です」

焙煎機もミルもドリッパーもポットも、すべて祖父の遺したものをそのまま使っているのだという。

「同じ道具を使っているのに、祖父の味にはまったく及びません。半人前以下です」

「半人前ってことはないだろう」

拓人は自嘲《じちょう》気味に首を振る。

「だから祖父の頃の常連さんも、少しずつ離れてしまって……」

――それでか。

自信なげな表情の意味がようやくわかった。

「香り高く、酸味はほどほど、ちょっぴり苦くて味はクリアで雑味がない――。香りや味の表現って曖昧《あいまい》なんです。ほどほどってどの程度？　ちょっぴりってどのくらい？　って。いっそすべてを化学的に数値化できないかと考えて、大学は理学部に進んだんですけど」

思うような結果が得られないまま、卒業を迎えてしまったという。

「学べば学ぶほどわからなくなりました」

傍らでようやく湯が沸騰した。拓人はそれをドリップポットに注ぐ。

「それだけ奥深い飲み物ってことなんだろうな」

拓人は「はい」と目を伏せた。

コーヒーの味を追究するために理学部に進むという発想は、少々斜め上な気もするが、彼なりに一生懸命考えてのことだったのだろう。長い睫毛がほんの少し揺れていて、早く祖父に追いつきたいというもどかしさが伝わってくるようだ。

拓人はドリッパーを軽く叩いて粉を平らにすると、上からゆっくりと湯を注いだ。粉全体に湯が回るのを待って、円を描くように湯を足す。その表情に、慶一は息を呑む。

――こんな顔もするんだ……。

自分の横顔を見つめる甘ったるい表情とも、不自然に作ったクールな表情とも違う、今日一番の真剣な顔だった。半人前だと本人は言うが、コーヒーの味にかけては一切の妥協を許さないという意思を感じる、それは紛れもない職人の顔だ。

一体どれが本当の拓人なのだろう。わからなくなる。

「わあ、もりもりしてきた。お山みたい」

ドーム状に盛り上がってきた粉に、維月が歓声を上げた。

「このお山が美味しいコーヒーの証拠なんだよ。——さ、できた」

用意したマグカップに、拓人がコーヒーを注ぐ。

「お待たせしました。『小暮珈琲』オリジナルブレンドコーヒーです。どうぞ」

「……いただきます」

差し出されたコーヒーを口に含んだ瞬間、慶一は思わず目を見開いた。

「うん。とても美味しい」

「ありがとうございます」

感情の籠もらない返事に慶一は慌てる。言葉が足りなかったようだ。

「お世辞じゃない。こんな美味しいコーヒー、飲んだことがない。びっくりしたよ。今まで飲んだコーヒーの中でダントツに美味しい」

「そんな……」

拓人は淡々と首を振る。まだ信じていないらしい。

「味について語るほどツウじゃないが、学生時代には行きつけのカフェも何軒かあったし、家では自分で淹れていた。でも最近は朝から夜までバタバタで、ちゃんとコーヒーを淹れる時間がなくて、恥ずかしながらインスタントで間に合わせている」

会社で出されるのは、最初からマシンに粉をセットしておくアレだ。

「打ち合わせで使っている会社近くのカフェのコーヒーは、濃くて苦くて砂糖とミルクを入れないと飲めたもんじゃない」

話しながら、コーヒー難民のような生活をしていたことに、あらためて気づいた。

「だから本当に、久しぶりに本物のコーヒーを飲んだ気分だ」

「ありがとう……ございます」

ようやく感動が伝わったらしく、拓人はほんの少し口元を綻《ほころ》ばせたが、予想通りすぐにその淡い喜びをクールなマスクで隠してしまった。

「いっくんも！　いっくんも、拓人くんのコーシーのみたい！」

維月が椅子から飛び降り、食器棚から自分用のマグカップを取り出してきた。

「維月、コーヒーは苦いんだ。子供は飲めない」

「にがくないもん！　拓人くんのコーシーはおいしいもん！」

維月が地団駄を踏む。

「あのな、維月、コーヒーにはカフェインっていう、大人は飲めるけど子供は飲めないものが入っていてだな」

「やだやだ、パパだけずるいぃ。いっくんもコーシーのみたいぃぃぃ」

――参ったな。

基本的に聞き分けのいい子だとはいえ、まだ四歳だ。大人の理屈がいつでも通じるわけではない。どうしたものかと思案していると、拓人が思いがけない助け舟を出してくれた。

「維月くんの分もちゃんと持ってきたよ」

「ほんと？　いっくんのコーシー？」

「コーヒーじゃないけど」

そう言いながら拓人は、豆を入れてきた袋の底から茶色い缶を取り出した。

「維月くんにはこれを作ってあげる。ココア」

こんな状況になることを予想して、ココアを用意してきてくれたらしい。

「ココア……コーシーじゃなくて？」

若干不満げな維月に、拓人が魔法の言葉を囁《ささや》く。

「維月くんだけに、特別に、甘くて美味し～いココア、作ってあげる」

「いっくんだけに……とくべつ……」

維月はぱあっと破顔し「とくべつ！　とくべつ！」と飛び跳ねた。赤子の手を捻《ひね》るとはよく言ったものだ。はしゃぎ回る維月を、拓人は穏やかな優しい瞳で見つめていた。

——本当にいろんな顔をするんだな。

不自然なクールな顔、こっそりと自分を見つめるほんわり顔、コーヒーをドリップする職人の顔、そして維月を見つめる兄のような優しい顔。

——一体全体どれが本当の拓人なのだろう。


「とくべつココア、あまいね〜」

語尾にハートマークをつけてココアを堪能していた維月だが、半分も飲まないうちに欠伸《あくび》を始めた。どうにか歯磨きをさせてベッドに運ぶ頃にはすっかり夢の国の住人になっていた。子供部屋から戻ってくると拓人が思い出したように微笑んだ。

「さっきの維月くん、可愛かったですね」

口の回りにココアをつけ『いっくん、おひげがはえた〜』と笑い転げていた。

「笑い転げていたと思ったら、十分後には眠っちゃうんですね」

「子育てはスピード勝負だ」

「目が回りそうです」

「それにしても今日はかなりハイテンションだった。きみが来てくれたことがよほど嬉しかったんだろう。あんなに楽しそうな維月を見るのは久しぶりだよ。ありがとう」

「いえ……そんな」

「可愛いばっかりじゃないけど、それでも維月のいない暮らしは考えられない」

拓人がふとリビングボードの上のフォトフレームに目をやった。維月のこの四年半が四角く切り取られて並んでいる。

「維月は、俺の子じゃないんだ」

なぜ話そうと思ったのか慶一自身にもよくわからない。周囲に秘密にしているわけではないが、尋ねられもしないのに自分から切り出すのは初めてかもしれない。

拓人がゆっくりと視線をこちらに戻す。

「俺の兄夫婦のひとり息子なんだ。維月が生まれて半年後、ふたり揃《そろ》って亡くなった」

拓人が静かに息を呑むのがわかった。

共通の友人の結婚式に出席した帰り道のことだった。車線をはみ出してきた対向車と正面衝突し、夫婦とも即死だった。後部座席のベビーシートに乗っていた維月は、奇跡的に軽傷で済んだが、生後半年でふた親を一度に亡くしてしまった。

慶一たちの両親はすでに他界していた。兄嫁の両親は高齢で身体が弱く、乳飲み子を育てることは難しかった。親戚《しんせき》の中には施設に預けることを勧める者もいて、慶一は迷っていた。

「葬儀の夜、維月の寝顔を見ていた。何も知らないで、天使みたいな顔をして眠っているあいつを見ていたら、泣けてきて」

こらえ切れず零れた涙が、ポタポタと維月の頬に落ちた。

「それで維月が目を覚ましてしまったんだ。そしたらあいつ……笑ったんだよ」

「笑った？」

「ああ。お兄ちゃん何泣いてるの？　みたいな顔して、ふにゃって笑ったんだ」

その瞬間、慶一の心は決まった。この天使は今日から自分が守るのだと。

「そうだったんですか……」

拓人がもう一度写真に視線をやる。その瞳は少し潤んでいるようにも見えた。

「維月くんは、亡くなったご両親のことを……？」

「幼いなりに、多少は理解はしているようだが」

『いっくんのお父さんは、パパでしょ？』

『そうだよ』

『じゃあ、いっくんのお母さんも、パパ？』

わかっているようでわかっていないから、余計に愛おしくなる。

「わからないなりにママが恋しいんでしょうか。だからこの間おれに『いっくんのママになってくれませんか』って」

「ああ、あれか。維月は気に入った相手にはああ言うんだ」

慶一が苦笑すると、拓人は「へ？」と瞬きをした。

「あれは、あいつのスカウト活動らしい」

慶一の知る限り、維月が過去に『ママに』とスカウトしたのは四人。ひとり目は慶一の高校の同級生・金剛寺《こんごうじ》。ふたり目は通っている保育園の園長先生。三人目はこの春風邪《かぜ》でお世話になった小児科の看護師。拓人は四人目だ。

息子が親友に向かって『いっくんのママに』と声をかけた時は、そんなに寂しい思いをさせていたのかとショックを受けたが、維月は直後、金剛寺にこう囁いた。

『いっくんね、パパが大好きなの。だからパパのおよめさんをさがしてあげるの』

息子に心配されてるなんて、あんた情けないわねえ！　と爆笑する金剛寺を尻目に、維月の優しさにうるうるしてしまった。

園長は優しい人柄で園児たちに慕われているが、御年八十歳のお婆ちゃんだ。看護師は若くて美人だったが東北訛《なま》りがひどく、時々何を言われているのかわからなかった。スカウトの基準がまったくわからないが、みな何かが維月の琴線に触れたのだろう。

「拓人くんのことがよほど気に入ったんだろうな。失礼なことを言って悪かったな」

「失礼だなんてそんな。でもおれ、女性に見えたのかな」

拓人は首を傾げるが、それはないだろう。維月は拓人が男だとわかっていて声をかけたのだ。なぜなら維月が最初に声をかけた金剛寺は男だ。名前は猛《たけし》。二十年にも及ぶ腐れ縁で、気づけば親友と呼べる存在になっていた。オネエなので口調や仕草は女性のそれだが百メートル先から「やつだ」とわかる巨漢のオッサンだ。見事なまでに名が体を表している。

維月のスカウトはまさに、老若男女を問わない。

「おれ、維月くんのお眼鏡《めがね》に適《かな》ったんですね。嬉しいな」

「え?」と聞き返すと、拓人は慌てた様子で「へ、変な意味じゃありません」と声を裏返した。

「お、おれが慶一さんのお嫁さんになりたいとか、そういうことじゃなくて」

「わかってるよ」

必死に言い訳をする拓人がおかしくて、笑いをこらえているうちにスカウト第一号の同級生が男だったという事実を打ち明けそびれてしまった。

「さて、ここからは大人の時間だ。拓人くん、お酒は飲めるか?」

拓人はその瞳を一瞬揺らしたが、すぐに涼しい表情になり「そこそこ」とクールに微笑んだ。いけるクチらしいので、慶一はリビングボードの奥からバーボンのボトルを取り出した。難しい案件が片づいた時に、ひとりで嗜むためのとっておきだ。

「俺はロックだけど——」

「おれもロックでお願いします」

拓人が被《かぶ》せ気味に応えた。慶一は「了解」とふたつのグラスに琥珀《こはく》色の液体を注ぐ。氷がカランと乾いた音をたてた。

「乾杯」

「乾杯……うっ、けほっ」

ひと口含むなり、拓人が軽く噎《む》せた。

「大丈夫か?」

「へ、平気です。ちょっと噎せ……けほっ」

「喉、焼けたんじゃないのか?」

「そ、それがいいんですよ、この手の酒は」

「水持ってこようか」

「大丈夫です。ひ、久しぶりだな、バーボン……こほっ」

予想はついていたが、言うほど強くないのかもしれない。強いアルコールに苦戦している様子に、慶一は苦笑する。そしてふと懐かしくなる。

学生時代コンパに参加すると、大して飲んでもいないくせに『酔っちゃった』としな垂れかかってくる者が後を絶たなかった。お持ち帰りされたいがための演技だとわかっていたから大抵は軽くいなしていたが、気が向けば一夜を共にすることもあった。相手は女だったり男だったり。慶一はバイだ。

有り体に言ってとてもモテた。特定の相手を作らなかったせいもあり、春夏秋冬誰かに言い寄られていた。恋人が欲しくないわけではなかったが、のめり込むほど誰かを好きになったことはなかった。

『恋愛の需要と供給のバランスを平然とぶち崩すのよね、あんたって男は』

金剛寺はいつも呆《あき》れ顔で嫌味を言った。彼が店長をしているゲイバーにも、最近は忙しくてなかなか足を運べていない。維月を引き取ってからはなおさらだ。自由を謳歌《おうか》していたつもりのあの頃より、何ひとつままならない今の生活の方がずっと充実しているのだから、人間なんてわからないものだ。

――わからないと言えば……。

「やっぱりバーボンはロックですよね」

訳知り顔で頷いてみせるその表情はどこか幼い。二十六歳だというが、大学生だと言われたら信じてしまいそうだ。桜色の耳たぶは、つい手を伸ばしたくなるほど愛らしく、いつも維月にしているように背中からぎゅうっと羽交いじめにして、頬にキスの雨を降らせたくなる。

――って、何を考えているんだ、俺は。

ふるふると頭を振る。

「どうかしましたか？」

きょとんと小首を傾げる仕草は、維月のそれと変わらないほど無防備だ。

「いや、なんでも――」

ない、と言いかけた時だ。拓人がその薄く形のよい唇をちろりと舐《な》めた。ほんの一瞬垣《かい》間見《まみ》えた舌の赤さに、心臓がトクンと鳴った。

――ダメだ。

このところ面倒な案件が続いていて、思うより疲れているのかもしれない。夜は維月を寝かせながら一緒に眠ってしまうから、セックスどころか自慰すらご無沙汰《ぶさた》だ。

「何かつまみでも持ってこよう」

うっかり芽生えた邪《よこしま》な欲望を封印すべく立ち上がった瞬間、テーブルの片隅に置いたスマホがブーブーと振動した。表示された名前に思わず眉根が寄る。

「すまない。ちょっと失礼」

社長からでは無視するわけにもいかない。慶一は足早に仕事部屋に向かった。社長の声は沈んでいた。夜になって奥さんのスマホに見知らぬ番号からの着信があったのだという。

『間違いない、彼女だよ。ああ御影くん、一体私はどうしたらいいのかね』

知りませんと一蹴《いっしゅう》できたらどんなにいいだろう。月曜まではとても待てないというので、明日の昼、社長室で打ち合わせをすることになってしまった。

十分ほどで電話を切り、ため息をつきながらダイニングに戻った。

やれやれと椅子に腰を下ろした慶一は、ボトルのバーボンが少し減っていることに気づいた。

「いつもじゃないんだけどな」

「休みの日までお仕事なんて、大変ですね」

「悪い悪い。仕事の電話で」


「すみません、勝手にいただいちゃってました」

拓人がグラスを掲げてみせる。どうやら「そこそこ」という申告に嘘はなかったようだ。

「構わないよ」

慶一のグラスに拓人がなみなみとバーボンを注いでくれた。二度目の「乾杯」を交わす。

――よし。今夜はとことん飲むか。

自分の不始末を棚に上げて、休みの日まで電話をしてくる社長の傍若無人さに、さすがにげんなりした。

――飲まなきゃやってられない。

こんな夜にひとりで飲んだら悪酔いしそうだが、今日は拓人がいる。そういえば完全なプライベートで誰かと飲むのはいつ以来だろう。仕事の憂さを酒で晴らすタイプではないが、こんな酒もたまにはいい。慶一は美しい琥珀を、くいっと呷《あお》った。

「……美味《うま》いな」

横顔に熱い視線を感じて振り向くと、拓人は慌てたように目を伏せた。

「本当に美味しいですね。バーボン最高です」

「よし、どんどん飲め」

「慶一さんも」

拓人が微笑んだ。

差しつ差されつ、三十分ほど飲んだだろうか。拓人は相変わらず顔色ひとつ変えない。

「そうだ。すっかり忘れていた。つまみ」

社長からの電話で失念していた。冷蔵庫の中身を思い出しながら立ち上がろうとすると、「待ってください」と腕を掴まれた。その思いがけない強さに、慶一は椅子に腰を落とした。

「つまみはいりません」

慶一の腕を掴んだまま視線を床に落とし、拓人が低い声で呟いた。

「……拓人くん？」

「つまみはいらないのですが、ひとつお願いがあります」

ゴクリと生唾《なまつば》を飲み込んで、拓人が俯けていた顔をゆっくりと上げる。現れた瞳に、慶一はハッと息を呑んだ。

——しまった。

顔が赤くならないし、呂律《ろれつ》も回っていたので気づかなかったが、拓人の瞳はどろりと潤んでいた。人知れず静かに泥酔するタイプだったらしい。先週保育園の研修で「幼児は音もなく静かに溺《おぼ》れる」と教わったが、今の拓人がまさにそれだ。

「おい、大丈夫か。今水を――」

「お、おう」

「お水もおつまみも結構ですので、おれのお願いを聞いてください」

浮かしかけた腰をふたたび落ち着け、慶一は拓人の顔を見つめた。

「お願いというか……ご提案なんですけど」

「提案?」

言いにくいことなのか、拓人がまた唇を舐める。幼さの残る面立ちと、卑猥《ひわい》な想像を掻《か》き立てる仕草のギャップに、慶一の心臓はまんまと鼓動を高めてしまう。

「おれ、維月くんに、慶一さんのお嫁さん候補として認定してもらえたわけですよね」

「え? ああ、まあ、そうらしいな」

「試してみませんか?」

普段の慶一なら、この後の展開を素早く予想し、事を荒立てないよう上手に話の方向転換を図ったに違いない。しかし今夜はそれができなかった。見た目より酔っているのは拓人だけではなかったようだ。

「……何を？」

拓人がもう一度、ゴクリと唾を飲む。

「……お嫁さん候補の抱き心地《ごこち》を」

「………………」

「おれ、こう見えて遊び慣れてる方なんですよね、マジで」

「経験豊富ってことか」

まったく信じていないのが顔に出てしまったのだろう、拓人は「本当ですよ？」と声を大きくした。

「別に疑っていないよ」

「おれの過去の人数知ったら、慶一さん卒倒しますよ、マジで。マジにマジで」

「わかったわかった」

過去の経験を少ない方にサバを読む相手は何人もいたが、「マジで」と必死に経験豊富を強調する相手は初めてだ。

「安心してください。おれ、クールでドライで後腐れないタイプですから」

後腐れないタイプだから遊びで抱いても構わない。そう言いたいらしい。

「ダメ……ですか」

潤んだ瞳にじっと見つめられ、搦《から》め捕《と》られたように動けなくなる。ドクドクドクと自分の鼓動だけが耳の奥で響く。何を？　と尋ねた時点で答えは出ていたのかもしれない。猫の目のようにくるくると表情を変えるこの青年に、多分自分は惹《ひ》かれている。

「ダメ……ですよね」

拓人の手からすっと力が抜ける。ほっそりとした指が腕から離れる直前、慶一は拓人の手を摑んだ。

「おいで」

「……え」

「確かめてみることにするよ。嫁さん候補の抱き心地」

拓人は大きく目を見開いた。

「い、いいんですか」

「大丈夫。男も抱ける」

「そうじゃなくて」

「自分から言い出したんだろ。それとも冗談だったのか？」

「ち、違います。本気です。本気の本気です。マジで」

「だったらおいで」

慶一はゆっくりと立ち上がり、指先まで強張《こわば》った拓人の手を引いた。

寝室のベッドに並んで腰を下ろした。

「緊張している？」

あからさまに身体を硬くする拓人の耳に囁いた。

「してません」

答える声が震えている。

「そう……」

顎《あご》に指をかけ、上向かせる。唇を重ねる瞬間、ほっそりとした身体がぴくんと震えた。遊び慣れていると言っていたくせに。

――まさか計算しているのか？

「……んっ……ふっ……」

キスの最中の呼吸もおぼつかないらしく、慶一のシャツを両手できつく握りしめる。歯列を割り舌を絡め、上顎の奥を舐めてやると、拓人は全身をさらに硬直させ息を上げた。

――まるでファーストキスみたいじゃないか。

計算ずくだとすれば俳優並みの演技力だ。

慶一はその長い腕で、拓人の身体を包み込んだ。回した手で背筋をなぞると、腕の中の拓人が「っ……」と短い声を上げ、竦んだ。

――敏感だな。

物慣れない反応が、慶一の芯《しん》に火をつけた。

キスを深めながら、ゆっくりとベッドに押し倒す。真新しいシャツのボタンを外し、下着代わりのTシャツを捲《めく》り上げると、薄暗い空間に白い腹と胸が浮かんだ。

きめ細かな肌にぷっつり浮かぶふたつの粒が卑猥だ。じっと見下ろすと、拓人は顔を赤くして視線を逸らした。

「そんな……見ないでください」

「どうして？」

「はっ、恥ずかし……」

恥ずかしいと口にすることすら恥ずかしいらしい。

「可愛いよ」

囁きながら右の粒に口づけた。ちゅっと音をたてて吸い上げると、拓人はビクンと身体を戦慄《わなな》かせた。

「やっ……んっ……」

軽く歯を立て、徐々に凝ってきた粒を甘噛みする。左の粒を指先で摘まみ刺激すると、拓人は身体を反らせて泣きそうな声を上げた。

「あっ……やっ、あぁぁん……」

鼓膜を舐め上げるような濡れそぼった声。背筋がぞくぞくした。

逸《はや》る心を必死で抑え、着衣を剝《は》ぎ取る。現れた裸体に浅ましく喉奥が鳴った。

肉の薄い体軀は全体的に少年っぽさを残している。成人男性としては少々迫力に欠けるが、そこはすでにしっかりと形を成していた。

アンバランスな身体がひどく淫猥《いんわい》だ。拓人は何もしていないのに、誘われているような気分になってくる。「おいで」と手を引いた時には、遊びを知り尽くした大人の手管を見せつけてやろうと思っていた。けれどほんの数分の間に、心の余裕は霧散してしまった。

八つも年下の青年に完全に煽《あお》られている。慶一は心の中で小さく舌打ちをした。

着ていたものを乱暴に脱ぎ捨てると、拓人が仰向《あおむ》けのまま怯《おび》えたように息を呑んだ。ジムに通う時間はないが、最低限の筋トレは欠かさない。健康管理の一環として続けているだけなのだが、今夜ばかりは鍛えておいてよかったと思う。

ゆっくりと身体を重ねながら、熱く勃《た》ち上がった拓人の欲望を手のひらで包み込む。

「あぁ……あ……」

あえかな声に混じる快感の色。手の中の熱がぐんと硬さを増した。

拓人は確かに感じている。

「こうするとどうだ？」

薄い下生えの中にいじらしく勃ち上がった硬い幹をゆるゆる扱《しご》くと、先端からとろりと蜜が溢《あふ》れた。頷く余裕もないらしく、拓人は首を激しく左右に振る。

「よくない?」

「あ、やぁあ……ダ、メ……」

しゃくり上げるように息をするから、ますます止まらなくなる。

「じゃあ、ここは?」

蜜で濡れそぼった先端に指の腹を這《は》わせる。いやらしくピンク色に光るそこを、ぬるぬると円を描くように擦った。

「や、あっ、あぁっ……」

眦に涙を溜《た》め、拓人はシーツを握りしめる。

「気持ちいいだろ?」

もう一度尋ねると、拓人はようやくガクガクと頷いた。もうあまり余裕はなさそうだ。

「あ、やぁ……ダメ、そこっ」

「どうして」

「そこ……すごくっ……ああ、ひっ」

薄い胸板が上下する。細い腰が小刻みに戦慄く。

「け、慶一さっ……も、もうっ」

「イッていいよ」

耳朶《じだ》を甘噛みしながら囁く。同時に押し当てた指先を割れ目にぐっと押し込んだ。

「ひぁ、……っ、あぁ――っ！」

全身を突っ張らせ、拓人が爆《は》ぜた。

慶一の手のひらに、温かい体液がドクドクと吐き出される。

「や……なんでっ、止まん、ないっ……んんっ……」

一向に終わらない吐精に、拓人が困惑の声を上げる。

「こんなにいっぱい出して……いやらしい子だ」

「ご、ごめんな、さいっ」

眦を濡らして謝る様は、クールともドライともほど遠い。

――一体どれが本当の拓人なんだ。

「まだ終わりじゃないぞ」

弛緩《しかん》し始めた身体をきつく抱きしめる。滾《たぎ》った欲望を細い太腿にぐりぐりと押しつけると、拓人は目を閉じたまま「はい……」と小さく頷いた。

――くそっ……。

意識的なのか無意識なのか、「可愛い」と「淫《みだ》ら」の間をゆらゆらと行き来する拓人。

主導権は百パーセントこちらにあるはずなのに、翻弄されている気分になる。遊んでいるという申告が本当なら、可愛らしくも淫らなこの拓人を、たくさんの男が知っているということになる。想像したら、胸の奥に黒い熱が生まれた。

「脚、開いて」

「……え」

「自分で膝の裏を持って」

濡れた瞳に浮かぶ明らかな怯えさえ、慶一の劣情を刺激した。

「そ、そんな格好……」

「そうしないと、挿《い》れられないだろ」

高まっていく慶一とは裏腹に、拓人は顔色をなくしていく。

「全部見たい。一番恥ずかしいところも」

「っ……」

嗜虐《しぎゃく》的な言葉に、拓人がぎゅっと目を閉じた。同時に萎えたばかりの中心がほんの少し芯を取り戻したのを、慶一は見逃さなかった。

＊＊＊＊＊

「……最悪」

『小暮珈琲』の定休日は日曜だ。店舗スペースの奥に設けられた焙煎室で、拓人はもう何度目かもわからないため息を落とした。

今朝、誰かにツンツンと頰を突《つつ》かれて目が覚めた。

『拓人くん、おはよー』

ぼんやりとしていた目の焦点が合うと、なぜか維月の笑顔が間近にあった。

——なんで維月くんが？

瞬きを繰り返す拓人の目の前で、維月はその可愛らしい唇をツンと尖《とが》らせた。

『ちょっと拓人くん、つぎにお泊まりする時は、ぜったい、いっくんのベッドでねてね？』

『……？』

『パパ、拓人くんがお泊まりするって、おしえてくれなかったんだよ。だからいっくんさっきパパに「ずるい」っておこったの』

——お泊まり……パパ……。

急速に記憶が巻き戻る。拓人はひゅっと息を呑み、ベッドから飛び降りた。

『わあ、拓人くん、パパのパジャマ、ぶかぶか〜』

きゃははと笑う維月に構っている余裕はなかった。ぶかぶかのパジャマを脱ぎ捨て、傍らにきちんと畳まれていた昨夜の服を身に着けると、拓人は寝室を飛び出した。

『パパ、拓人くん、おきた！』

維月の声に、キッチンの慶一が振り向く。

『お、起きたか。今朝飯の準備をしているから、顔を洗っておいで』

爽やかな笑顔に、数時間前の己の痴態が蘇る。顔がボッと火を噴いた。

『維月、洗面所に案内してあげなさい』

『はあい。拓人くん、こっちだよ』

『あっ、朝ご飯は結構です。すみません、お、お邪魔しましたっ』

『え？　おい、ちょっと待ちなさい！』

『拓人くんかえらないで！　いっくんと、あさごはんいっしょにたべて！』

呼び止めるふたりを振り切り、脱兎《だっと》のごとく帰宅したのだった。

「夢……だったりして」

ぽつりと呟いた。

めくるめく一夜だった。昨夜のあれこれを思い出すと、全身がカァッと火照ってくる。

本当に夢だったのではとシャツの裾を捲り上げて確認してみると、ぷっつりとした乳首の脇に花びらのように散る〝証《あかし》〟が残っていて、昨夜自分の身に起きたあれもこれも、すべて現実だったのだと教えている。

男の乳首なんてほくろのようなものだと思っていた。けれど拓人は昨夜、慶一にそこをしつこく愛撫《あいぶ》され、あられもない声を上げてよがった。

『試してみませんか?』

『……何を?』

『……お嫁さん候補の抱き心地を』

酔った勢いとはいえ、よくもあんな台詞《せりふ》を口にできたものだ。拓人は狭い焙煎室の片隅で重く深いため息をついた。

遊び慣れている風を装うため、飲み慣れないバーボンをロックで呷った。喉が焼けるような感覚に苦戦したのは最初だけで、次第にふわふわと気分がよくなってきて、初めてふたりきりで向かい合う緊張から解放された。

慶一が席を外した隙に、立て続けに三杯飲んだ。すると耳の奥からもうひとりの自分が囁く声が聞こえてきた。

(慶一さんとふたりきりで過ごす夜なんて、金輪際やってこないかもしれないぞ。誘え)

いやまだそんなに親しくない。身体から始まる恋なんていくらでもあるだろ。いやいや維月くんがいるし。その維月が『パパの嫁さん候補』に認定してくれたんだろ? でもおれは男だ。誘ってみなきゃわからないだろ——。

脳内で天使と悪魔が激しく格闘していた。結果は「本能」という名の力業で悪魔が勝利を収めた。理性は「よせ」と叫ぶのにまるでブレーキが利かなかった。自分の中にあんな熱い欲望が潜んでいたなんて、一夜明けた今も驚きを隠せずにいる。

誘ってしまった。年上の男性を。会うのは二度目なのに。自分から。しかも経験豊富な遊び人だと信じてほしくて、阿呆《あほう》のように『マジで』を連呼してしまった。あれでは欲求不満だと誤解されても仕方がない。

——軽蔑《けいべつ》されただろうな……。

「……うう」

低く呻《うめ》き、拓人は両手で顔を覆った。

維月の手前朝食に誘ってくれたけど、やれやれとんだ淫乱だったと、今頃呆れているに違いない。朝からずっと後悔の嵐に苛《さいな》まれて何も手につかない。

ご馳走になったお礼も告げずに逃げ去ったことも最悪だが、さらに最悪なのは自分から誘っておいて最後までできなかったことだ。いよいよ挿入という段になって、頭が真っ白になってしまったのだ。高校時代につき合った相手には、キスさえ交わさないうちに振られてしまったから、拓人は未《いま》だ正真正銘の童貞だ。

『全部見たい。一番恥ずかしいところも』

雄の欲望をストレートにぶつけられ、身体中の血が沸き立った。全身の肌が一気にピンク色に染まるのがわかった。

『後ろ、怖いか？』

『こ、怖くはありませんけど、全然。ただ今日はちょっと、準備とかしていないから、どうしようかな……と』

咄嗟《とっさ》の嘘を、慶一は信じてくれた。羨《うらや》ましくなるほど長い腕で拓人を背中から抱きしめると、『そっか』とひと言、優しい声で囁いた。ドクドクと鼓膜を打つ鼓動が、どうか慶一に伝わりませんようにと願った。

——ああいうの、なんていうんだっけ。

「確か……素股《すまた》だ」

言葉にして赤くなる。挿入こそしなかったが、慶一は拓人の双丘の狭間にその欲望を吐き出した。慶一が腰を動かすたび、硬く太い熱で秘孔の襞《ひだ》がぬるぬると刺激され、拓人はまた高まってしまった。

『また硬くなってきたな』

『やっ……あっ、ぁぁ……』

意地悪な指摘をしながら、慶一はもう一度拓人の中心を握り込んだ。慶一が果てると同時に、拓人は二度目の絶頂を迎えたのだった。

大人の手管に翻弄されて感じまくり、涙声で喘《あえ》ぐことしかできなかった。経験豊富が聞いて呆れる。いっそ記憶をなくしていたらよかったのに。会話のひとつひとつから情けないよがり声まですべてはっきりと覚えているなんて、一体なんの罰ゲームだろう。

「消えてなくなりたい……」

そもそも拓人の突飛な提案を、慶一はなぜ受け入れてくれたのだろう。酔って正常な判断ができなくなっていたのだろうか。それとも「誰彼構わず誘うほど相手に困っているのか」と気の毒に思い、仕方なく一夜の相手をしてくれたのだろうか。

――いや、おれは誰彼構わず誘ったわけじゃない。

慶一があまりにも素敵で、人生初ってくらい惹かれてしまったからだ。自分は慶一のようなタイプが好きだったんだとあらためて認識した。

理由はともあれちゃんと応えてくれたということは、慶一は自分のようなタイプは嫌いではなかったのだろうか。

――ていうかおれって一体どんなタイプなんだ。

経験豊富だと宣言しておきながら、自分からは何もできずに身も世もなくよがり、いざという段になって逃げ出すタイプ――？

「わかんないよ……もうっ」

頭を抱えたら、鼻の奥がツンと痛んだ。

慶一は今何を考えているのだろう。どんな気持ちでいるのだろう。誘っておいて最後までさせないなんてと、呆れているだろうか。

――怒ってるよな……絶対。

腹を立て、興ざめしているに違いない。いずれにしても今後慶一から連絡が来ることはないだろう。そう思ったら目の前が滲んだ。

結局のところ十代の頃と何も変わっていないのだ。せっかくの縁を、自らの手でまた台無しにしてしまった。

——目が合っただけでドキドキするなんて、生まれて初めてだったのに。

高校時代、立て続けに振られた時より何倍も胸が痛い。

定休日だったことが不幸中の幸いだった。こんな気持ちのまま店に立っても、いつも通りのコーヒーを淹れられるわけがない。

悶々《もんもん》としているうちに午後になってしまった。そろそろ明日の準備をしなければと焙煎室を出ると、自宅玄関の呼び鈴が鳴った。そろそろ町内会費の集金が来るはずだから、きっと隣の文具店の奥さんだろう。拓人は鉛のように重い腰を上げ、玄関の引き戸を開けた。

「はい……あ」

玄関先に立っていたのは、最近中年太りが加速している文具店の奥さんではなかった。

「拓人くん、いた！　パパ、拓人くんいたよ！　ほら見て！」

動物園で目当ての動物を見つけた時のように、維月が叫んだ。

「維月、大きな声を出しちゃダメだって、いつも言っているだろ」

唇に人差し指を当てながら、慶一が維月の頭を撫でる。

「ど、どうして……」

「いっくんがね、わすれものを、もってきてあげました」

維月が「はい」と紙袋を差し出した。昨日持っていったミルとドリッパーだった。

「拓人くん、なんでかえっちゃったの？　あさごはん食べないと大きくなれないよ？」

「…………」

答えに詰まって俯いていると、慶一が低い声で「そうだぞ」と言った。拓人はのろりと顔を上げる。

「維月の言う通りだ」

厳しい口調とは裏腹にその目元は穏やかに優しく、口元はちょっと照れくさそうに緩んでいた。

「大丈夫だったか？」

慶一が近づいてきて耳元で囁く。何がと尋ねるまでもなく、拓人はさーっと頬を染める。

「無理をさせたつもりはなかったけど」

「だ……大丈夫です」

「ならよかった。突然帰ってしまったから心配した」

礼儀を欠いたというのに、慶一は腹を立てるどころか拓人の身体を心配してくれていた。

途端に自分のしたことが猛烈に恥ずかしくなる。

「お礼も言わずに出てきてしまってすみませんでした。昨日はご馳走さまでした」

「大したお構いもできなかったけどな」

「とても美味しかったし……すごく楽しかったです。あの、おれ」

これだけはなんとしても伝えておかなくてはならない。

「そういうつもりじゃないですから」

「そういうつもり？」

「一度寝たくらいで恋人面するつもりはありませんので、安心してください」

維月に聞こえないようにぼそぼそ囁いた。慶一は一瞬微かに目を眇《すが》めたが、すぐに表情を緩めて話題を変えた。

「ところで今度の日曜、何か予定はあるかい？　維月を公園に連れていく予定なんだけど、拓人くんも一緒にどうかと思って」

思いがけない誘いに、拓人は大きく目を見開いた。

「いっくんね、じれんしゃのれんしゅうするんだよ。ほじょりん、外すの」

「へ、へえ。すごいね」

「維月〝じれんしゃ〟じゃなくて〝じてんしゃ〟。今朝も教えただろ」

「じれんしゃ？」「れ、じゃなくて、て。自転車」「じ・れ・んしゃ？」「だからあ」という会話が右から左にすり抜けていく。

遊び人を装って「抱いてほしい」と誘っておきながら下手な言い訳で挿入を許さず、挙句朝になって脱兎のごとく逃げ出した。にも拘《かか》わらず笑顔で「公園に」と誘ってもらえるなんて。

——今度こそ夢かな……。

「一度寝たくらいでこんなふうに誘ったりしたら、迷惑かな」

耳元で囁き、慶一がニヤリと笑う。拓人は慌ててぶるぶると首を振った。

「じゃ、来てもらえるかな?」

「よ……」

頭上を覆っていた分厚い黒雲が消え、目の前がみるみる明るくなっていく。

喜んで！　と叫びそうになったその時、またもやあの台詞が蘇った。

『必死すぎて引くわ』

拓人はきゅっと口元を引きしめ、大きくひとつ深呼吸をした。

「予定はありません。たまた——」

最後の「ま」を言い終わるより早く、維月が「やったあ！」と抱きついてきた。

「じゃあ決まりだ。朝、迎えに来るよ。家を出る時に連絡する」

慶一がスマホを振る。拓人は頷きながら手のひらのスマホをきゅっと軽く握った。

ふたりが帰るなり、「よっしゃっ！」と拳を突き上げた。

――軽蔑されてなかった。嫌われてなかったんだ。

手のひらから零れてしまったと思っていた恋は、奇跡的に指の隙間に引っかかっていた。

「また会える。もう一度会える。慶一さんにまた会える」

自作のメロディーに喜びを載せ、何度も拳を突き上げた。

「また会える、一週間後にまた会える」

――神さま、本当に本当にありがとうございます。

即席の歌で喜びの舞を舞っていると、玄関扉がガラリと開いた。拓人は拳を突き上げたまま固まった。

「悪い悪い、せっかく届けに来たのに、維月のやつまた持ってきちゃって――」

ミルとドリッパーの入った紙袋を手にした慶一が、驚いたように瞬きをする。

「どうした」

「ス、ストレッチを。最近肩こりが」

「大変だな。お大事に」

拓人に紙袋を手渡すと、慶一は「それじゃ、来週」と爽やかな笑顔を残し車に向かった。

少し丸まった広い背中が、小刻みに震えているように見えるのは目の錯覚だろうか。

後部座席から維月が「バイバ～イ」と無邪気に手を振っている。

――まさか喜びの歌、聞かれた……？

維月に手を振り返しながら、拓人は「聞かれてないよな、多分」とひとり呟いた。

「拓人くん、手、はなしちゃダメだからね！」

「大丈夫。放さないよ」

右に左にふらつきながら、小さな自転車がよろよろと進む。抜けるような秋晴れの日曜日。都下にある公園は、朝から家族連れで賑《にぎ》わっていた。

「ぜったいにはなさないでね！　いっくんが『いいよ』って言うまで！」

「放さないよ。ほら、維月くん、前を向いて」

定休日は昼までダラダラし、午後からはずっと薄暗い焙煎室に籠もっている。超インドア派の拓人にとって雲ひとつない青空は少々眩《まぶ》しすぎるけれど、維月たってのご指名とあれば断るわけにもいかない。

――それにしても慶一さん、何を着ても似合っちゃうんだなあ。

慶一は少し離れたベンチに腰かけ、息子の練習を見守っている。ざっくりとしたコットンセーターにジーンズというありふれたコーディネートなのに、日曜日のパパ感はゼロだ。撮影の合間に休憩しているファッションモデルだと言われたら、信じてしまうだろう。仕事の疲れからか何度も欠伸を嚙み殺しているが、それすらセクシーに見える。

——さらっとした髪もいいんだよなあ。

スーツを脱いだ慶一は整髪料をつけていない。傍《そば》に寄るとふわりとシャンプーの香りがするものだから無駄にドキドキしてしまう。

さっきから通りすがる女性という女性が慶一をチラ見している。

——あんなかっこいい人に、抱いてもらえたんだ、おれ。

今さらのように、あれは夢だったのではないかと思ってしまう。

慶一の足元にバドミントンの羽根が落ちた。拾いに来たのは若い女性で、慶一の手から羽根を受け取り、恥ずかしそうに頰を染めている。気持ちはわかる。慶一はそんじょそこらのイケメンとは違う。手を合わせて拝みたくなるレベルなのだから。

続いてふたり連れの女性が慶一の前で立ち止まった。道でも尋ねられたのか、慶一は身振り手振りで親切に教えている。礼を告げて歩きだしたふたりは、何度も慶一を振り返っては囁き合っている。

——もはや座っているだけで犯罪だよな。イケメン罪。

気まぐれな風が清潔に切り揃えられた慶一の前髪を揺らす。大きな手のひらで髪を搔き上げる様子に、ドクンと心臓が鳴った。

——あの手でおれ、イかされたんだ……。

『全部見たい。一番恥ずかしいところも』

淫靡《いんび》な声を何度思い出しただろう。時間も場所もお構いになしに蘇ってしまい、そのたび顔が赤くなる。身体の芯に火がついたようになり、あれから毎夜のように自慰に耽《ふけ》っている。性的なことには淡泊な方だと思っていたのに、慶一としてからずいぶん感じやすくなった気がする。

みっしりと筋肉のついた男らしい胸板、きれいに割れた腹筋、長い手足、次第に汗ばんでいく肌、うねるような腰の動き、果てる時の荒々しい呼吸――。あの夜の慶一を思い出しながらすると、あっという間に極まってしまうのだ。

「拓人くん、どうしたの?」

「え?　あ、ごめんごめん」

真昼間の公園にふさわしくない回想に、いつの間にか足が止まっていた。

「おかおが赤いよ?」

「そ、そう?　そういえばちょっと暑いかな。はは」

変な汗をかきながらジャケットを脱いでいると、ベンチの方から「おーい」と声がした。そろそろお昼にしようと手招きをする爽やかな笑顔にさえ、あの夜の淫らな姿が重なる。TPOをぶっちぎる己の妄想力に、もはや脱力するしかなかった。

芝生に敷いたレジャーシートの中央に、大きなランチボックスがふたつ置かれた。ひとつにはおにぎりが、もうひとつには唐揚げ、卵焼き、ウインナーソーセージといったお弁当の定番メニューが彩りよく詰められていた。

「じゃじゃーん。今日のおにぎりは、白ネコさんと黒ネコさんだよ。すごいでしょ？」

自分で作ったかのように維月が鼻の孔を膨らませる。

「本当にすごいね」

白飯に海苔でネコの顔を描いた白猫おにぎり。白飯をすべて海苔で覆い、スライスチーズで顔を描いた黒ネコおにぎり。どちらも細いヒゲまで描かれていて驚いた。

「慶一さん、本当に手先が器用なんですね」

「維月のリクエストに応えているうちに、海苔の切り貼りが必要以上に上手くなってしまった。弁護士にはまったく必要のないスキルだけどな」

「切り絵職人みたいです」

「会社をクビになったら転職しよう」

にやりと笑う横顔は、いたずらっ子のように無邪気だ。結局どんな顔をしても素敵なのだなあと、拓人はひっそりと見惚れた。

「拓人くん、どっちがいい？　いっくんは、黒ネコさんにする」

「じゃあ、おれは白ネコさん」

維月から白ネコおにぎりを受け取り「いただきます」とかぶりついた。

「ん……すっごく美味しい」

思わず頰が緩んでしまった。

「こんな美味しいおにぎり、初めて食べました」

「大げさだな。具は普通のシャケだぞ。走り回ったから腹が減ったんだろ」

そうじゃないんです、と言いかけて呑み込んだ。

慶一が握ってくれたおにぎりだから、きっとこんなに美味しいのだ。朝早くからおにぎりを握る姿を思い浮かべると、胸がいっぱいになって食べるのがもったいなくなる。

──おにぎりがちょっと大きめなのは、手が大きいからかな……。

箸で唐揚げを摘まむ大きな手に、視線が吸い寄せられる。またもやよからぬ妄想が呼び起こされそうになり、拓人は慌てておにぎりを齧《かじ》った。

「拓人くん、ついてる」

「へ？」

ここ、と慶一が自分の唇を指さした。ご飯粒がついていることを教えてくれたのだ。

「……ありがとうございます」

唇の端のご飯粒を取りながら、ふと先週のことを思い出した。頰についたケチャップを拭いてもらいながら、維月は言った。

『なんでふきんなの？　いっつもみたいに、チュウしてとって』

──つまり、いつもは舐めて取ってやってるってことだよな……。

もしもだ。万にひとつ、慶一とそういう関係になれたら、普通にキスでご飯粒を取って
もらえたりするのだろうか。

──ダメダメ。そんなことされたら、毎回鼻血出る。

拓人は慌てて表情を引きしめた。

「ところで維月、乗れそうな感じになってきたか？」

「う～ん……まだかなあ」

卵焼きで頰を膨らませた維月が、自信なさげに首を傾げた。

「もう少しスピード出してみろ」

「えー……」

「その方が、自転車が安定するんだ」

「でも……いっくん、あんぜんうんてんがいい」

スピードを出すのが怖いのだろう。拓人と慶一は目を見合わせて笑った。

「おかしいなあ、じれんしゃのれるようになりますようにって、毎日いっしょけんめい、
おぶつだんにお祈りしてるのに」

「他力本願か」

そもそもそこは「神さま」だろと慶一が笑う。拓人もつられて笑ってしまった。

「まあ、両親の仏壇だから聞き入れてくれるかもしれないな。でも維月、お祈りだけじゃ乗れるようにはならないぞ？　パパも四歳の時に乗れるようになったんだ。何回も転んだけど泣かずに頑張ったんだ」

「いっくんだって、泣かないもん。あ、たまごやきが一個のこってる」

わかりやすく維月が話題を逸らす。

「維月くんが食べなよ」

拓人の提案に、維月は首を振った。

「だれが食べるか、おすもうできめるんだよ」

「お相撲？」

驚く拓人に慶一が「指相撲のことだ」と教えてくれた。御影家ではいつもそうしているのだという。

最初に拓人と維月が対戦した。時折追い詰められるふりをしながら、最後に勝ちを譲った。維月は大喜びだったから、手を抜いたことはバレていなかったようだ。当然慶一もそうするものだと思いきや、慶一は勝利を息子に譲らなかった。それどころか悔しがる維月に「俺は谷底から這い上がってきた子供しか育てない」と真顔でのたまった。

「じゃあ次のしあいね。パパと拓人くん」

「えっ」

大人ふたりが負け、維月が卵焼きをゲットしてめでたしめでたし。勝手にそんな展開を想像していた拓人は内心大いに慌てた。

「どう……しましょう」

助けを求めるように視線を向けると、慶一は何やらとても楽しそうだ。

「よーし、勝負だ」

「え、やるんですか？」

「卵焼きの行き先が決まらないだろ」

そういう問題ではない。拓人の戸惑いに気づいていないのか、慶一がその長い腕をぬっと差し出した。

「真剣勝負だぞ」

「……望むところです」

細く繊細な拓人の指に、慶一の男っぽい指が絡まる。慶一の体温がダイレクトに伝わってきて、身体がかあっと熱くなった。手に力が入らない。

――ダメだ……心臓、ヤバイ。

耳朶まで染め、拓人はぎゅっと目を閉じた。

「はっけよ～い、スタート！」

お茶

維月が叫ぶのと同時に、慶一の人差し指に親指を搦め捕られ、勝負は呆気なく決まってしまった。

「パパの勝ち！　ゆうしょーは、パパでした！」

維月がきゃっきゃとはしゃぐ。ピースをしながら卵焼きを口に放り込む慶一の向かい側で、拓人は荒れ狂う鼓動を収めようと深呼吸を繰り返した。

拓人がコーヒーを淹れ、ランチを締め括《くく》った。維月にはもちろんココアを用意した。維月は先週と同じように「おひげ、おひげ」とはしゃぎ回った。

「維月くん、流れ星って知ってる？」

「ながれぼし？」

ココアのひげをつけたまま、維月がきょとんと首を傾げた。

「お星さまって、時々ひゅーって空を流れるんだけど、その時に願い事をするんだ」

流れている時間はほんの一瞬。その間に願い事を唱えるのは至難の業だ。三回唱えなければならないという説もあるが、一回でもほぼ不可能だ。けれど、だからこそ願いを聞き入れてもらえるような気持ちになる。奇跡が起きるのではないかと思えてくる。

「いっくんも、おいのりする！　ながれぼし、どこ？」

維月がぴょんと立ち上がり、空を見上げた。

「維月、星は夜にならないと出ないだろ。それに流れ星なんてそうそう見られるものじゃない──おっと電話だ。ちょっとごめん」

仕事の連絡らしく、慶一は背中を向けてしまった。慶一の超現実的な見解に、維月はしょんぼり項垂《うなだ》れてしまった。

「流れ星が見られる場所があるんだ」

耳打ちすると、維月は「ほんと？」と顔を上げた。

隣県にある拓人の実家のほど近くに『流星の丘』という小高い丘がある。その名の通り流れ星がよく見える丘で、近年はパワースポットとして知られるようになったが、数年前までは近所の中高校生たちが、恋を成就させようと訪れる場所だった。

「いいなあ。いっくんのお家の近くにも『りゅうせいのおか』があればいいのに」

「あはは、そうだね」

「拓人くんは、ながれぼしにおいのりしたことある？」

「あるよ」

「おねがい、かなった？」

「うん。叶った」

当時つき合っていたサッカー部の部長のために、勝ちを祈った。ドン引きされた挙句振られてしまったけれど、試合には勝ったらしいと後に人伝に聞いた。

「すごーい！」

維月はきらきらと目を輝かせた。その穢《けが》れのない瞳に、懐かしい満天の星が蘇る。

「いっくん、『りゅうせいのおか』に行きたい」

「今度パパに連れていってって、頼んでごらん」

「やだ。三人がいい。いっくんと、パパと、拓人くんと、三人で行きたい」

「維月くん……」

思わず慶一の背中に視線をやった。まだ電話は続いている。

はしゃぎ疲れたのだろう、維月は拓人の太腿に頭を預けて寝転がった。さらさらの黒髪から子供らしい汗の匂いがした。

「あーあ。拓人くんがパパのおよめさんだったらいいのに」

腿の上で維月が無邪気に呟く。

「ありがとう」

でもそれはパパが決めることだからと心で呟いたら、胸の奥がチクリと痛んだ。

「パパはちょーイケメンだから、ちょーモテモテなんだって。マリちゃんが言ってた」

「へえ……」

マリちゃんとは誰だろう。維月とも面識があるということは、親しい間柄なのだろうか。

「でもいっくんは、拓人くんがいいな。ね、ダメ？」

答えに迷っていると、スマホを切った慶一がくるりと振り返った。

「こら維月。お前はまたくだらないことを」

どうやら片耳で聞いていたらしい。

「くだらなくないもんっ。ほんとのことだもんっ」

「いいからもうその話は終わり。拓人くんが困ってるだろ」

なあ、と向けられた笑顔に、性懲りもなく鼓動が高まる。

「いえ……はい……あ、いえ……」

「さて、そろそろ帰ろうか」

慶一が話を切り上げるように立ち上がった。さくっと話を逸らされて、胸の高まりが行き場をなくす。

——迷惑なんかじゃないんだけど。

ちょっぴり傷つきながら、拓人はゆっくり立ち上がった。


チャイルドシートに収まるや、案の定舟を漕《こ》ぎだした維月だが、車が『小暮珈琲』の駐車場に滑り込んだところで目を覚ました。

「パパァ……おしっこ」

「おしっこ？　お家まで我慢できないのか？」

「出ちゃいそう」

維月が寝惚け眼《まなこ》のままもじもじし始めた。これは待ったなしだと判断した拓人は、素早く助手席を降りると、後部座席のチャイルドシートから維月を抱き上げた。「すまない、頼む」という慶一の声を背に、店の奥のトイレへと駆け込んだ。

間一髪お漏らしを回避した維月は、「はあ、まにあったぁ」と手を洗っている。子育ての苦労の一端を垣間見た気がした。

「ねえ、維月くん、マリちゃんってどんな人？」

慶一が店内で待っているかもしれない。拓人は声を潜めて尋ねた。

「マリちゃん？　う〜んとね、おっきい」

「大きい？」

大柄な女性なのだろうか。

「マリちゃんのおっぱいね、ふわふわできもちいいの」

何を思い出したのか、維月が「ぐへへ」と変な笑いを漏らした。グラマラスという意味だったらしい。

「そうなんだ……」

「『マリちゃんのおっぱいきもちいいね』って言うとね、パパも『そうだな』って笑うの」

「へえ……パパも」

胸の奥に、ずんと鉛の玉を落とされたような気がした。

——おっぱいを触らせてくれるような相手がいるのなら、なぜ……。

込み上げてくる思いを押し込めた。遊び慣れているから抱いてくれと迫ったのは拓人の方だ。慶一を責めるのはお門違いだ。慶一に恋人がいるのかどうか、あの時は考える余裕もなかった。

『男も抱ける』と慶一は言った。それはつまり『女も抱ける』ということに他ならない。維月がスカウト活動をしているからといって、恋人はいないと決めつけるのはあまりにも浅慮だった。

「ねえ、マリちゃんって、可愛い人?」

小さな子供に何を聞いているんだと思うのに、尋ねずにはいられなかった。維月は「う〜ん」と首を捻り、少し考えて「わかんない」と答えた。

「おかお、忘れちゃった」

「そっか。忘れちゃったか」

手を洗い終えた維月にタオルを渡しながら、拓人は胸のつかえが取れるのを感じた。少なくとも維月は、顔を忘れてしまうくらいの期間マリちゃんと会っていない。頻繁に家に招いているわけではなさそうだ。慶一との関係は終わっているのかもしれない。

——別れた昔の彼女かも。

そう思ったら、急降下していた気分がUの字を描いて上昇した。

「ギリギリセーフでした」

トイレから出ると、慶一は店の隅に立っていた。

「助かったよ。ありがとう」

礼を告げながら慶一が店内をぐるりと見回す。そういえばふたりが店の中に入るのはこれが初めてだ。

「外観もそうだけど、中に入ると余計に感じる。雰囲気のあるいい店だな。レトロで上品で、何時間でもいたくなる。拓人くんはセンスがいい」

「そんな……全部祖父から引き継いだだけなので」

「それでも雰囲気を壊さずに継承しているのは、やっぱり拓人くんの感性だろ」

正面からべた褒めされ、嬉しさより照れくささが勝つ。

——肝心のコーヒーの味をなんとかしなくちゃならないんだけど……。

ほろ苦い気持ちを口には出さず「ありがとうございます」と小さく微笑んだ。

「わあ、リスさん！　かわいい！」

維月がカウンターテーブルの隅に置いてあるリスのぬいぐるみを見つけ、パタパタと駆け寄った。落ち着いた店の雰囲気に不思議と馴染んでいるそれは、大学時代の先輩がカナダに出張した時に買ってきてくれたものだ。曰《いわ》く、目と口が拓人に似ているらしい。

「いっくん、リスさんだっこしたい！」

「待って、取ってあげる」

維月の身長では、カウンターの奥に置かれたぬいぐるみまで手が届かない。

「いっくん、じぶんで取れる」

「維月、危ないから待ちなさ——あっ！」

一瞬の間に、維月はジャンプをしてリスの尻尾を摑んだ。その勢いでリスの口がカウンターに置かれていたマグカップを直撃する。マグカップが床に落ちて割れるカシャンという音に、維月は小さな身体をビクンと竦めた。

「維月くん！　大丈夫？」

破片で怪我などしていないだろうか。ハーフパンツから伸びた細いふくらはぎを確認したが、幸い怪我はないようだった。拓人は「よかった……」と胸を撫で下ろす。

「すまない、拓人くん」

「気にしないでください。それより維月くんに怪我がなくてよかったです」

慶一は「維月」と低い声で呼んだ。維月はリスを抱きしめたままおずおずと慶一を見上げ「ごめんなさい」と消え入りそうな声で呟いた。

「パパじゃなくて、拓人くんに謝るんだろ」

「拓人くん、ごめんなさい」

維月の大きな瞳にみるみる涙が溜まり、ぽろぽろと頬に零れた。

「ああ、泣かなくていいんだよ。ちゃんと謝って偉かったね」

カップが割れたことより、維月を泣かせてしまったことの方がショックだった。天使の涙を、拓人はシャツの袖で拭いてやる。

「本当に申し訳ない。カップ、弁償させてくれ」

「そんな、弁償していただくようなカップじゃないんです」

割れたのは店の備品ではなく、拓人がプライベートで使っているマグカップだった。朝一番のコーヒーはキッチンではなく店で飲むことが多い。同じコーヒーでも店で飲む方がなぜか美味しく感じるからだ。この日も出がけにここでコーヒーを淹れて飲み、カップをカウンターに置きっぱなしにしてしまったのだ。

無精をせずにちゃんと洗って片づけておけば、維月を泣かせることはなかった。

「そもそも縁が欠けていて、そろそろ買い替えようと思っていたところだったんです」

とはいえ使い勝手がよく、なかなか気に入っていたのだが、形あるものいつかは壊れる。維月を泣かせるほどの思い入れはない。

「維月くん、そのぬいぐるみ、気に入った？」

ぐすんと洟《はな》を啜《すす》りながら維月がこくんと頷く。拓人はその場にしゃがみ、維月と目線を同じくした。

「じゃあ、そのリス維月くんにあげる」

「え？　ほんと？」

「拓人くん、そんなこと――」

割って入ろうとする慶一を「いいんです」と笑顔で制した。

「お店が開いている日はいいんだけど、お休みの日はここでひとりぼっちだろ？　この子きっと寂しかったと思うんだ。維月くんが可愛がってくれるなら」

「かわいがる！　いっくん、リスさん、うーんとかわいがる！」

「じゃあ、今日からそのリスは維月くんのものだ」

維月が「もらってもいい？」というように慶一を見上げる。

「ちゃんと大事にするんだぞ」

慶一が優しい瞳で頷くと、維月はぱあっと破顔し「拓人くん、ありがとう！」と抱きついてきた。

「泣いたり笑ったり、忙しいやつだ」

呆れたように肩を竦める慶一の目はしかし、「可愛くて仕方がない」と言っていた。

店を出ると、維月は初めての時と同じように、ショーケースの前で動かなくなった。

「ぷりんあらどーも……おいしそう」

涎《よだれ》を垂らしそうな顔を見ると、今すぐに食べさせてやりたくなる。

「パパ。いっくんいいこと考えた」

維月がくるりと背後の慶一を振り返った。

「じれんしゃにのれたら、ぷりんあらどーも、たのんでいい？」

慶一は「そうだな。そうしよう」と微笑んだ。プリンアラモードを餌《えさ》に、維月の頑張りを促すつもりらしい。

「いっくん、ぜったいのれるようになる！」

「じゃあまた練習だな」

維月は「うん！」と力いっぱい頷いた。つやつやの黒髪がふさりと揺れる。

「拓人くんも、次もぜったい来てね」

無邪気な誘いに、拓人は無言のまま俯いた。

「ね、拓人くん、来てくれるよね？　ね？　ね？」

拓人のシャツを引っ張りながら維月が懇願する。「もちろんだよ」と即答したいのはやまやまなのだが、慶一がどう思っているのかわからない。ちらりと見上げたその表情は、困惑しているようにも見える。

――一度はともかく毎回とか、さすがに図々しいよな。

ここは自分から断るべきか。逡巡《しゅんじゅん》する拓人に、慶一が微笑んだ。

「俺からも頼むよ」

「……え」

「せっかくの休みを潰《つぶ》して申し訳ないと思う。ただ……今日はとても楽しかった」

「慶一さん……」

楽しかった。そのシンプルな言葉で、拓人の心は天まで舞い上がる。

「おれも……です」

「いっくんも楽しかった！　拓人くんとじれんしゃのれんしゅうして、楽しかった！」

「もし予定がないのなら、次回もつき合ってもらえると嬉しいんだけど」

「よ……」

喜んで！　と叫びそうになった自分に猛烈なデジャヴを覚えた。

「予定が入らなければ、ぜひ」

他の予定を入れるつもりは毛頭ない。入りそうになっても断る気満々だ。

「よかった。それじゃあ次回は再来週あたりになると思うけど、よろしくな」

爽やかすぎる微笑みを、まともに見上げることができない。

――くそぉ……かっこよすぎる。

ひらひらふわふわと、桜の花びらのように舞い上がっていく心を止められない。表情を緩ませてはいけないと、強く唇を噛んだ。

「やくそくだよ、拓人くん」

「うん。約束する」

「じゃ、げんまんね」

ゆーびきーりげんまん、うーそついたら、はーりせんぼん、のーますっ。

笑顔で小指を絡ませるふたりを、慶一は目を細めて見つめていた。

＊＊＊＊＊

「お疲れさまでした」

半円状のカウンターの中で、受付の女性が微笑む。

「お疲れさまです。お先に失礼します」

軽く会釈をし、エントランスを正面出入口へと歩く。受付に「お先に失礼します」と挨《あい》拶《さつ》するのも、正面出入口が開いている時間に退社するのも、一体何日ぶりだろう。保育時間をめいっぱい延長しても、維月の迎えに間に合わない日が続いていた。

ヘビーな残業を余儀なくされる日、維月の迎えは都内に住む姉に頼んでいる。小学生の男の子をふたり育てている姉は『ふたりも三人も同じ』と快く引き受け、そのまま維月を自宅に泊めてくれることもある。兄夫婦の遺児・維月を男手ひとつで育てている慶一を、少しでも助けたいと思ってくれているらしい。

子育ての幸せと苦労は抱き合わせだ。そしてふたりと三人は決して同じではない。感謝と申し訳なさでいっぱいになるが『いっくん、いつも慶一とふたりっきりなんだから、たまにはうちみたいにガヤガヤした雰囲気を味わった方がいいのよ』という姉の笑顔に甘えてしまうのだった。姉がいなければ弁護士を続けながら維月を育てることは難しかっただろう。

この日も残業の予定だったので、迎えは予《あらかじ》め姉に頼んであった。思いがけず早い時間に退社できることになり喜び勇んで連絡すると、維月は姉の子供たちと一緒にアニメ映画を観ているところだという。『お風呂《ふろ》にも入れちゃったし、予定通り今夜はうちに泊めるわ』と言われてしまった。

「なんだ……」

久しぶりに維月と風呂に入れると思ったのに。肩透かしを食らった気分で通話を切ったが、すぐに拓人の顔が浮かんだ。

三日前、維月が拓人のマグカップを割ってしまった。弁償の必要はないと言われたがそういうわけにはいかない。通りの向こうにあるファッションビルはまだ開いているようだ。

――買いに行くなら今夜しかないな。

マグカップを届けるという理由で、拓人に会いに行ける。慶一はその口元をふっと緩ませると、上着の裾を翻し交差点を駆け足で渡った。

『おれの過去の人数知ったら、慶一さん卒倒しますよ、マジで。マジにマジで』

あの夜の拓人はいろいろな意味で必死だった。抱いてもらいたくて必死。クールでドライな自分を演じるのに必死。そして必死だということを気づかれないように必死。

『安心してください。おれ、クールでドライで後腐れないタイプですから』

思い出すたび、マジで腹筋の震えを禁じ得ない。「マジ」「マジ」と連呼して遊び人風を装ったつもりらしいがまるで様になっていなかった。それどころかかえって根の真面目さが強調されていた。そもそもクールでドライな人間は自ら「クールでドライなんです」とは言わない。

痛いほど伝わってくる必死さに絆《ほだ》され、抱いた。

――いや、絆されたわけじゃない。

仔猫のように潤んだ瞳。物慣れない所作。初心《うぶ》な反応。そのひとつひとつに劣情を激しく刺激された。最初こそ演技なのかと疑ったが、すぐにわかった。あれは演技などではない。遊び慣れているどころか、初体験だったに違いない。

酒の勢いを借り、清水の舞台から飛び降りるつもりで誘ったものの、最後の最後で怖気《おじけ》づいたのだろう。翌朝脱兎のごとく逃げ去った拓人の後頭部の寝癖を思い出し、思わず噴き出しそうになった。

案の定この世の終わりのような顔をしていた拓人を、公園に誘った。素っ気ない返事をしたくせに、ひとりになるや玄関先で妙な歌を歌いながら踊っていた。維月の練習につき合っている時も、隙あらば慶一に視線を飛ばす。口元のご飯粒を取ってやっただけで蕩《とろ》けそうな顔になった。極めつきは指相撲だ。ただならぬ緊張がビンビン伝わってきて、すんでのところで声をたてて笑ってしまうところだった。

――マリちゃんのことも気にしていたな。

トイレでこそこそと維月に探りを入れるあたり、気になって仕方がないのだろう。慶一はククッと笑いを噛み殺す。マリちゃんのことはそのうち話してやるつもりだ。

自称遊び人は、超のつく晩生《おくて》だった。そのくせベッドでは無自覚に慶一を煽りまくる。全身を上気させ切なげに喘ぐ拓人が、刻印のように脳裏に焼きついている。

「あれは……なかなかタチが悪い」

慶一は苦笑交じりに首を振った。

閉店十五分前のファッションビルに駆け込み、普段は足を踏み入れることのないキッチン雑貨の店を探し出すと、急いで買い物を済ませた。『別れのワルツ』に送られてエスカレーターを降りる慶一の手には紙袋がふたつ。大きな袋にはキッチン雑貨コーナーで手に入れたコーヒーグッズが入っている。どんなに忙しくてもコーヒーくらいちゃんと淹れることにしようと思い、自宅用にドリッパーとミルを購入したのだ。

『せっかく買ったんだが、どうも上手に淹れられない。コツを教えてくれないか』

拓人を誘う口実を思いついた時は、我ながら天才だと思った。

小さい袋の中身は白いマグカップだ。維月が割ってしまったカップには、白い下地に小さな模様が入っていた気がしたが、似たようなものが見つからず、結局無難な白のカップを選んだ。重すぎず軽すぎず、持ち手のフィット感もいい。

渡した時、拓人がどんな反応をするのか、慶一には容易に想像がいた。「弁償なんてしなくてよかったのに」とかなんとか懸命にクールを装いつつ、穴の開いたバケツのように喜びをダダ洩《も》れさせるのだ。

——ついでに俺も同じカップを買おうかな。

当たり前のようにそんなことを考え、ハッと我に返った。お揃いのマグカップなんて、まるで新婚夫婦みたいだ。

——これはプレゼントじゃない。単なる弁償の品だ。

だから贈り物用のリボンはつけなかった。ただカップだけではさすがに素っ気ないと思い、近くの生花店で小さなフラワーアレンジメントを購入し、お詫びの気持ちを添えることにした。

電車を降り駅の改札を抜け、自宅とは反対に向かう。『小暮珈琲』の閉店時間に間に合うだろうか。知らず知らず早足で歩いているとポケットのスマホが鳴った。一瞬ドキリとしたが、ディスプレイに表示されていたのは残念ながら拓人の名前ではなかった。

「どうした。久しぶりだな」

慶一の挨拶に、スマホの向こうで金剛寺は『あらあらぁ?』と妙な反応をした。

『やけに機嫌よさそうじゃない、御影。なんかいいことあった?』

腐れ縁のオネエはなかなか鋭い。

「別に何もない」

『うそっ。あんたいつも電話に出るなり「何か用か」って氷の妖精も逃げ出すほどどつっけんどんじゃない。なのに「久しぶりだな」なんて、なんか楽しいことあったんでしょっ』

驚くほど図星だ。ドロップスのように様々に色を変える拓人の表情を思い浮かべると、思春期に戻ったように心が浮き立つ。

——エロ可愛いっていうんだろうな、ああいうのを。

思わず「ふっ」と声が出てしまった。

『ちょっと、何笑ってんのよ』

「笑ってない」

『笑ったわ。絶対に笑った』

駅前の雑踏の中、慶一は嘆息する。

「なんでもないと言っているだろ。ただの思い出し笑いだ」

『思い出し笑いは変態の特権よ？　コブつきの変態弁護士なんて最悪中の最悪ね』

コブといえば、維月はあれから毎夜リスのぬいぐるみを抱いて寝ている。顔が拓人に似ているからと「たっくん」と名づけたらしい。言われてみれば愛くるしい風貌が確かにちょっと似ている。毎晩苦労して寝かしつけていた維月が「たっくんとふたりでねるからパパ来なくてていいよ」とあっさり寝室へ行ってしまった時には、一夜にして大人びた息子に面食らってしまった。

――拓人くんのおかげだな。

『ちょっとぉ、話聞いてるの？　御影』

「え、ああ、すまない。なんの話だったたっけ」

気を緩めると、脳内を拓人が占領する。

『あんたマジでどうしたのよ。まさか久々に男でもできた？　それとも女？』

「用がないなら切るぞ」

『そんなわけないわね。恋人ができても一ミリも浮かれない。別れても一ミリも落ち込まない。あんたは昔っからそういう男よ』

「じゃあな」

『ちょっと待ちなさいよっ！』

金剛寺の用は想像の範囲内だった。店長をしているゲイバーの常連客から、昨日少々面倒な相談を持ちかけられたのだという。慶一も顔見知りの客だ。法律絡みの話で「あの弁護士さんに意見を聞いてほしい」と頼まれたらしい。

弁護士などという仕事をしていると、この手のことは日常茶飯事だ。差しさわりのない範囲でアドバイスをしてやるが、通りすがりの人に「なんか面白いこととして」と言われて辟易すると言っていた、お笑い芸人の気持ちがちょっぴりわかる。

「まあ、これ以上事がややこしくなるようなら、知り合いの弁護士を紹介する」

『わかった。助かったわ。サンキュ』

「礼はマティーニ一杯でいいぞ」

『今からいらっしゃいよ。マティーニ三杯奢《おご》るわよ』

「いや、これから大事な用がある」

『大事な用ですって？　あんたやっぱり――』

長くなりそうなので「じゃあな」と容赦なく通話を切った。

「ったく、十五分もロスしちまった」

腕時計に目を落としながら、慶一は『小暮珈琲』へと急いだ。

店の前に着くと、ドアにはカーテンがかけられ店内の明かりは消えていた。慶一は裏手にあるプライベート用の玄関に回った。呼び鈴を鳴らそうとすると、タイミングよく引き戸がガラリと開いた。

「うわっ」

そこに人が立っているとは思ってもいなかったのだろう、拓人は尻餅《しりもち》をつかんばかりに驚いた。考えてみれば当然の反応だ。こんな時間にいきなり訪ねるのはどう考えても非常識だ。途中で連絡を入れるべきだったと今さら気づく。

「慶一さん、どうして」

「ごめんごめん。突然来てしまって。これを――」

紙袋を手渡そうとしたところで、拓人がジャケットを羽織っていることに気づいた。

「出かけるところだったのか」

「飲みに出てこないかって急に誘われちゃって……明日も店があるし、あんまり乗り気じゃないんですけど」

こっそり出かけようとしたところを見つかった中学生のように、拓人は視線をうろつかせて言い訳をした。時刻は午後九時半を過ぎている。こんな時間から？ と思ってしまうのは保育園児のペースに馴染みすぎてしまったせいだ。自分が二十六歳の頃は、朝方まで飲み歩くことも珍しくなかった。

拓人にも友達はいるだろう。飲み会だってあるだろう。元より長居するつもりはなく、カップを手渡したらすぐに暇《いとま》をするつもりだった。紙袋を差し出して「出がけにすまなかったな」と微笑めばいい。そう思ったのだが。

「なら断りなさい」

口から飛び出したのは、予想もしない台詞だった。

「え？」

「え？」

声が重なる。言った慶一も言われた拓人も、同時に目を見開いた。

――何を言ってるんだ、俺は。

混乱する脳内を尻目に、口は勝手に言葉を放り出す。

「乗り気じゃない時に飲むと、悪酔いするぞ？」

乗り気じゃない飲み会の方が多いのが大人の社会だ。

「それにもうこんな時間だ。断った方がいい」

維月を引き取る前は、十一時まで仕事をして十二時から飲みに行くこともあった。脳と口が乖離《かいり》したような感覚に、慶一は大いに戸惑う。

「あっ、別に、何がなんでも断れと言っているわけじゃないんだが」

動揺を悟られまいと焦るあまり声が上擦る。バレバレの演技で平静を装うのは、拓人の十八番《おはこ》ではなかったか。

「確かにそうですよね。断ります」

拓人がポケットからスマホを取り出した。あまりに素直な態度に慶一はますます動揺する。

「だから、どうしても断れと言っているわけじゃ」

「いえ、慶一さんの言う通りです。お世話になっている大学の先輩からの誘いだったので、断り切れなくて『行きます』って言っちゃったんですけど」

「お世話になっている先輩？」

「ええ。でも断っても気を悪くしたりする人じゃないので」

液晶をタップしようとする拓人の右手を、思わずスマホごと摑んだ。拓人が驚きに目を見開く。

「あ……すまない」

拓人は戸惑いを隠せない様子で、「いえ……」と小さく首を振った。

「行きなさい。お世話になっている方からの誘いを断るのはよくない」

――だから何を言っているんだ俺は！

偉そうな口調とは裏腹に、頰がひくひくと引き攣《っ》る。商売道具のポーカーフェイスを、今夜はどこかに置き忘れてきてしまったらしい。

朝令暮改。矛盾撞着。言うことがコロコロ変わっている。もし自分がクライアントだったら、こんな弁護士即刻クビだ。

「でもやっぱり断ります。本当は、今夜は焙煎機の手入れをするつもりだったんです」

内心プチパニックの慶一とは対照的に、拓人の声は冷静だ。「ちょっとすみません」とスマホを手に背を向ける。

「……あ、拓人です。すみません上原《うえはら》さん、さっきおれ『行く』って言っちゃったんですけど――」

断りの電話を入れる拓人の背中を見つめながら、慶一は軽い目眩《めまい》を覚えた。

――今夜の俺は、どうかしている。

拓人は息子じゃない。未成年でもない。夜中に出かけようと朝帰りをしようと、彼の自由なのだ。慶一が口出しをする筋合いはない。慶一が拓人の立場だったら「俺の勝手でしょう」と、それこそクールにドライに言い返すだろう。

「断りました」

振り返った拓人は、クールでもドライでもない、妙に嬉しそうな声で言った。

「これで今夜は心おきなく焙煎機の手入れができます。慶一さんのおかげです。ありがとうございました」

「いや、そんな……」

「ところでどうしたんですか、こんな時間に」

拓人の視線がちらりと携えた紙袋に落ち、慶一はここへ来た目的を思い出した。

「そうだった。これを渡そうと思って寄ったんだ」

小さな紙袋を差し出すと、拓人はきょとんとした顔で瞬きを繰り返した。

「マグカップだ」

紙袋の中身を覗いた拓人の目に、パッと喜びの色が浮かんだ。

「花も入ってる」

「花は俺からのお詫びの気持ちだ。維月が割ってしまったのと同じようなのを探してみたんだけど、見つからなくて」

「お詫びなんて、よかったのに」

「そう言わずに受け取ってくれ」

差し出すと、拓人は「ありがとうございます」と呟き、頬を染めて俯いた。

「開けてみていいですか?」

「ああ」

拓人がマグカップの包装紙を剝く。隠し切れない「いそいそ感」がなんとも可愛い。

「わあ、シンプルで素敵なカップですね」

「気に入ってもらえたかな」

「めちゃくちゃ気に入りました。なんだかんだ言っても、コーヒーの色が一番映えるのは白いカップなので」

「そう言ってもらえてよかった」

「ありがとうございます。大事に使います」

少し紅潮した頬がひくひくしている。予想通りの反応がおかしくて、慶一はようやく落ち着きを取り戻した。

「お花、すごく可愛い……」

拓人は小さなアレンジメントを覗き込み、ふっと頬を緩ませた。その柔らかな微笑みがあまりに可愛らしくて、慶一の胸はトクンと小さく跳ねた。

「本当にありがとうございます。お店に飾らせていただきます」

小さく頭を下げる拓人は、花より何倍も可愛い。

コーヒーを淹れるから上がっていけと言われたが、焙煎機の手入れを邪魔してはいけないからここで暇をすると答えた。「そうですか」とあっさり引いたわりに、拓人は名残惜《なごり》しそうにいつまでも見送ってくれた。

維月のいない夜、急いで帰る理由もない。夜道をのんびりと歩きながら、ふと夜空を見上げた。街路樹の隙間から数多の星が瞬くのが見える。

「……きれいだな」

ロマンに疎い自覚はある。けれどこの夜の星は本当に美しくて、やけに胸に沁《し》みた。

——この間、流れ星の話なんか聞いたからかな。

維月を相手にする時、拓人はクールを装わない。年の離れた弟の相手をするように、あるいは愛する我が子をあやすように、穏やかで優しい瞳で維月を見つめる。維月も注がれる拓人の愛情を感じ取っているに違いない。完全な相思相愛でちょっぴり妬《や》けてしまう。

――妬ける……？

歩を緩め、慶一はふるんと頭を振った。今夜の自分は本当にどうかしている。

澄んだ夜の空気が冬は近いと告げている。明日の朝はコートが必要かもしれない。それなのに胸の奥だけに、じんじんと熱を感じる。

昔はそれなりに遊んだ。そのどの相手とも拓人は似ていない。

――こんな気持ちになったのは、いつ以来だろう。

あの夜のことは、いわばアクシデントだった。拓人の思いがけない色気にぐらりと来て、たまらず抱いた。けれど次は……。

「俺から誘う」

決意を胸に、慶一はもう一度頭上に瞬く星々を見上げた。

「……お？」

いつもの席に座り、いつもと同じ仕草でコーヒーをひと口啜った杉野が、ゆっくりと視線を上げた。その眦にはなんとも言えない優しい皺が浮かんでいる。

――気がついてくれたみたいだ。

カウンターの中から様子を窺《うかが》っていた拓人は、心の中で小さくガッツポーズをした。

一昨日《おととい》の夜のことだった。拓人は自室で食後のコーヒーを楽しんでいた。慶一に買ってもらったばかりの真っ白なマグカップを右手に持ち、左手でノートを捲る。『豆の焙煎度合いと酸度の関係』とタイトルが打たれたそれは、学生時代に取ったコーヒー豆の焙煎に関するデータだ。何年もの間、手垢《てあか》と豆のカスに塗《まみ》れ続け、可哀そうなくらいボロボロだ。

コーヒーの味は生豆の種類や状態と焙煎によって決まる。とはいうものの焙煎には「これが浅煎り」「ここからが中煎り」といった明確なラインも共通の認識も存在しない。香りの質と量、酸味と苦みの質と強弱、そしてバランスによって味が決まるのだが、それらを完全に数値化することはほぼ不可能だ。

どんなに綿密なデータを取ったところで、最終的には淹れる人間の感覚と感性に委ねられる。美味しいと感じるかどうかは飲む人の好みにもよる。結局のところすべての人に美味しいと思ってもらえるコーヒーなど存在しないのだ。

拓人が朝の一杯を自宅ではなく店で飲むのは、その方が美味しく感じるからだ。『小暮珈琲』には、祖父が長い年月をかけて作り上げてきた空気のようなものが、今なお残っている気がする。味噌樽《みそだる》に住み着いた微生物が味噌の味を深めるように、店内には目に見えないエッセンスのようなものが漂っていて、それが『小暮珈琲』のコーヒーの味を決めている。店を継いだ時からずっとそんな気がしている。

エッセンスの正体は一体なんなのだろう。そう考えた時、ふと日曜の公園での会話を思い出した。あの日ミルとドリッパーを持参していた拓人は、レジャーシートの上でコーヒーを淹れた。慶一は幸せそうにひと口啜るとこう言った。

『この間家で淹れてもらったコーヒーも最高に美味しかったけど、今日のはその上をいく美味しさだ』

『ありがとうございます』

『お世辞じゃないぞ。気のせいかこの間のより味がまろやかな気がするんだ。深みがあって、すごく美味しいよ』

お天道さまの下で飲めば、インスタントコーヒーだって美味しく感じるさ。その時はそう思ったのだが、もしかするとそれだけではなかったのかもしれない。

拓人はあの日、沸かしたての熱湯をポットに入れて持参した。昼食の頃、ドリップに一番適しているといわれる九十度前後に冷める計算だったのだが、淹れている途中で、目測より若干温度が低くなっていることに気づいた。だからほんの少しだけ抽出時間を長くして、苦みとコクを調整した。結果、いつもより若干味がまろやかになったのだ。

——湯の温度をいつもより二度低くして、抽出時間を十五秒くらい長くしてみようかな。

祖父と祖父のコーヒーを愛した客たちが、阿吽《あうん》の呼吸で作り上げてきた味を完全に再現することはできない。淹れる人間が違えば、たとえ血が繋《つな》がっていようとまったく同じ味になることはないのだ。

——おれは、おれのコーヒーを作るしかないんだ。

最初からわかっていたつもりだったけれど、もしかすると一番大切な部分がわかっていなかったのかもしれない。

拓人のコーヒーを、おそらく今一番愛してくれている人。その人のために、その人の喜ぶ顔を思い描いて淹れてみよう。そう思ったのだ。

「とても美味しかったよ。ごちそうさま」

レジで釣銭を受け取りながら、杉野はいつもと変わらない柔和な笑みを浮かべた。

「ありがとうございました。またいらっしゃってください」

いつも通りの会話なのに、拓人の心は弾んだ。「とても美味しかった」と言ってもらえたのは、店を継いでから初めてのことだった。

――慶一さんのおかげだな。

カウンターの隅、先週までリスのぬいぐるみが置かれていた場所に、今は小さなフラワーアレンジメントが置かれている。スモーキーなピンクとパープルを中心にした落ち着いた色合いのそれは、店内のレトロな雰囲気にとてもよく馴染んでいる。そこに置くことを考えて選んでくれたのだと思うと、嬉しくて胸がきゅんとなるのだった。


その日の閉店間際、大学時代の先輩・上原が店にやってきた。同じ研究室で、互いにコーヒー好きだったことで親しくなったのだが、学内で彼がいつも手にしていたのは缶コーヒーだった。

『加糖のコーヒーって、甘ったるくないですか?』

眉を顰《ひそ》める拓人に、上原はあっけらかんと答えた。

『俺はコーヒーを差別しない。甘いのも甘くないのもインスタントも、どんなコーヒーも美味しくいただく。それが真のコーヒー好きというものだ』

独特の自論を持つ上原は明るくて面倒見がよく、コーヒーの繊細な味の違いはいまひとつわからないようだが、こうして時折ひょっこりと店にやってきてくれる。

「水曜はすみませんでした。『行きます』って言ったのに」

「全然気にしてないって。ほい、これ。あの時渡そうと思ってたやつ」

先週沖縄へ出張だったという上原は、沖縄感満載の紙袋をカウンターに置いた。出張の多い上原は、しばしばこうして土産《みやげ》を買ってきてくれる。実は維月にやったリスのぬいぐるみも上原の土産品だった。事情を話すと上原は気を悪くするわけでもなく『ちょうど今沖縄だから、代わりを買っていく』と言った。

ちょっぴり嫌な予感がしていた。袋から取り出した置物に、拓人は「だと思いました」と苦笑するしかなかった。予感は見事に的中した。

「シーサーですね」

「ありがたいだろ？　きっと明日からじゃんじゃん客が来るぞ」

招き猫と勘違いしているらしい。拓人は「楽しみです」と腹筋を震わせた。

「ありがとうございます。自宅の玄関に飾りますね」

おう、と上原はコーヒーを啜る。カウンターに飾れよと強要しないのが彼のいいところだ。

——それにしても、まったく気づいていないみたいだ。

カップのコーヒーが半分になっても、上原が味の変化を指摘することはなかった。自称

「コーヒーを差別しない男」は健在だった。

そういえば慶一は、まだ一度もこの店でコーヒーを飲んでいない。杉野は気づくが上原は気づかない微妙な味の変化に、慶一は気づいてくれるだろうか。慶一好みのまろやかな味を、このカウンターで早く味わってほしい。

——維月くんにもプリンアラモード、早く食べさせてあげたいな。

でもあの調子ではいつになったら乗れるやら。先は大分長そうだと肩を竦めたくなるけれど、その分練習につき合う時間も長くなる。

「なんか楽しそうだな、拓人」

「そうですか？」

「さっきからずっとにやにやしてる。なんかいいことあったのか？」

あったといえば、いろいろあった。今日は特に。

「実はさっき、お客さんにコーヒーを褒められたんです。とても美味しかったって」

「俺はお前のコーヒー、いつも美味いけど？」

「祖父の時代からの常連さんなんです。しかもうちで仕入れている豆問屋の人で」

『美味かった』から『とても美味しかった』に昇格した。しかもあの顔はいつもの単なる挨拶とは違う。味が変わったのわかったよ。美味しくなったね。そういう顔だった。

「味、変えたのか？」

手にしたカップをしげしげと見つめる上原に、拓人は小さく噴き出す。

「そういうことは最初に言えよ」

「ていうか気づいてくださいよ」

「俺は豆問屋じゃない。言われなきゃわからん。ついでに言われてもわからん。多分」

拓人はとうとう声をたてて笑ってしまった。

「まあ、上原さんにわかってもらおうとは思っていませんでしたけど」

「どういう意味だよ」

「まんまの意味です」

「失礼なやつだなあ」

上原も笑いだす。カウンター越しに笑い合っていると、大学時代に戻ったような気分になる。高校時代、立て続けに恋愛に失敗した拓人は、大学では色恋沙汰に巻き込まれないようひっそりと暮らしていた。友人づき合いも最低限にし、コンパや飲み会にも参加しない。日々実家と大学を往復するだけの後輩を、上原はちょくちょく遊びに連れ出してくれた。拓人が自分の性的指向を打ち明けても、態度を変えることはなかった。

恋愛からあえて遠ざかり、コーヒーの研究に没頭するあまり無味乾燥になりがちだった大学生活だが、上原のおかげで人並みに青春っぽい思い出もできた。

「拓人って、昔っからたまにさらっと毒吐くよな」

「上原さんにしか吐きませんよ」

「まあ、俺はお前の特別だからな」

「誤解されそうな言い方やめてもらえませんか」

ふたりの笑い声が店に響いた時、カウベルがコロロンと鳴った。

「いらっしゃ――」

入ってきた客に、拓人は息を呑んだ。

手にしていたキッチンクロスがはらりとシンクに落ちる。

「慶一さん……」

顔から波が引くように笑顔が消えるのがわかった。意図してそうしたわけではない。あまりに驚きが大きかったせいだ。

――まさか今夜会えるなんて。

数秒の時間差でじわじわと嬉しさが込み上げてくる。

上原が慶一に軽く会釈をした。慶一もそれに応えながらカウンターを挟んだふたりを交互に見やった。閉店時間はとうに過ぎている。店に明かりはついていても客がいるとは思っていなかったのだろう。

「さてと。俺はそろそろ帰るわ」

何かを察したのだろうか、上原が立ち上がりジャケットに手を通す。見送ろうとする拓人を笑顔で制し、上原はドアを出ていった。慶一はその様子を無言でじっと見つめていた。仕事の帰りなのだろう、今夜も憎らしいほどスーツが似合っている。

――気持ちが伝わったのかな。

新しいブレンドをこのカウンターで味わってほしいと思っていた。その願いが夜空を駆けて慶一に届いたのかもしれない。拓人の胸は躍った。

「いらっしゃいませ。お仕事帰りですか？」

「……ああ」

「この間いただいたお花、そこに飾らせていただいています。マグカップも毎朝使っています。本当にありがとうございました」

フラワーアレンジメントを一瞥し、慶一は「ああ」と小さく頷いた。

「よかったのか？」

慶一がドアの方をちらりと振り返る。上原が帰ったことを気にしているらしい。

「大丈夫です。お客さんじゃないので」

「知り合い？」

「大学の先輩です」

上着を脱ぐ慶一の手が、一瞬止まる。

「先輩って、一昨日の夜に約束していた……確か上原さんだっけ？」

「ああ、そうです」

出張の土産を届けに来てくれたのだと話すと、慶一は「そう」とひと言だけ呟いた。

「実は維月くんにあげたぬいぐるみも、上原さんのお土産なんです」

「……え」

「出張のたびにいろいろとお土産を買ってきてくれるんですけど、毎度セレクトが個性的すぎて。今回はついにシーサーでした。おれの反応を楽しんでいる節があるんですよね、あの人。――慶一さん、何になさいますか？」

「営業時間外だろ？」

「大丈夫です。飲み物だけになりますけど」

「じゃあ、ブレンドで」

かしこまりましたと頷き、豆の瓶を手に取る。ちらりと窺った慶一の表情が、いつもより硬く見えるのは、仕事帰りで疲れているからだろうか。

「あの、維月くんは？」

「姉のところだ」

今日は慶一の実姉の長男の誕生日で、維月はバースデーパーティーに呼ばれていた。姉から連絡が来たら、迎えに行くことになっているという。

「それじゃ、あんまりゆっくりできませんね」

落胆を悟られないように、豆をミルの投入口に入れる。ガーッという大きな音がやむのを待って、慶一がぽつりと「普通に笑うんだな」と言った。

「……え？」

――笑う？　誰が？

きょとんとする拓人に、慶一は「いや、なんでもない」と静かに首を振った。

「それよりこれ」

慶一はバッグからパンフレットのようなものを取り出し、カウンターに差し出した。

「明後日《あさって》の日曜日、うちの会社でコーヒーの焙煎機の新作発表イベントがあるんだ」

「焙煎機の？」

忘れていたが、慶一が勤めているのは国内大手の機械メーカー・松菱電機だ。パンフレットに掲載されていたのは、スマホと連動させて焙煎温度を調節できる次世代型の焙煎機だった。黒を基調にしたスタイリッシュなデザインで、卓上にも置けるコンパクトサイズのそれは、祖父の代から使っている旧式の業務用焙煎機とは大きさも形状もまるで別物だ。

「急だし、どちらかというと家庭用のようだから、拓人くんには関係ないかもしれないけど」

「行きたいです。ぜひ」

被せ気味に即答すると、慶一がクスっと笑った。硬かった表情がようやく少し解《ほぐ》れる。

「そう言うと思った」

「店で使うかどうかは関係なく、単純にすごく興味があります。こういうタイプの焙煎機、一度試してみたいって前から思っていたんですよ。でも正直高いし、店で使うには小さいし……あ、でも最上位クラスのだと一度に四百挽けるんだ……サイズ感のわりに容量あるんだな……このボタンはなんだろう……」

ぶつぶつ呟いていたことに気づき、ハッと口を噤《つぐ》んだ。

「すみません、夢中になってしまって」

せっかく慶一が来てくれたというのに、つい新作焙煎機に心を奪われてしまった。恐縮する拓人に、慶一は「いいさ」と微笑んだ。

「きみはコーヒーのことを語る時、本当に楽しそうな顔をする」

「そうでしょうか」

「いい顔だよ。プロの顔だ」

「そんな……」

嬉しくて、フィルターをセットする手がちょっぴり震える。慶一は目元を綻ばせて見つめていた。

「ブレンドです。どうぞ」

湯気の立つコーヒーをひと口啜り、慶一は「うん、美味しい」と大きく頷いた。

「ありがとうございます」

「公園で淹れてくれたのと同じ、まろやかな味だ」

「わかりますか?」

嬉しさのあまり前のめりになる。いかんいかんと表情を引きしめた。

「実は淹れ方を少し変えてみたんです」

「もしかして公園で俺が、『美味しい』って言ったから?」

「ええ、まあ」

「つまり俺の好みに合わせてくれた、ってこと?」

慶一が微笑みながらぐっと顔を突き出す。近づいたというほどの距離ではないのに、心臓がドクンと鳴った。

「そ、そういう解釈も……できますね」

「嬉しいな」

慶一はまたひと口味わうと、「うん。俺好みだ」と満足そうに頷いた。

「きみのコーヒーをここでちゃんと飲むの、初めてだな」

そうなのだ。今夜は初めて慶一を客として迎えた記念日なのだ。

俺好みだ、とあなたが言ったから、十一月十日はコーヒー記念日。嬉しさのあまり心の中で一句詠んでしまった。

「そういえばそうですね」

さも今気づいたようにクールぶる傍から口元が緩んでしまう。

「カウンターに立つきみを見るのも初めてだ」

「そういえばそうですね」

「その仕事着も」

「そう……ですね」

白いシャツに黒のエプロン。ネクタイはしたりしなかったり。ズボンはチノパンが多いが特に決めてはいない。祖父の習わしを拓人も引き継いでいる。

「似合ってるよ」

「あ……りがとうございます」

ドクドクと心臓がうるさい。頬が熱くなってくる。拓人はグラスを片づけるふりをして、慶一に背を向けた。

食器棚にはカップを口に運ぶ慶一が映っている。ガラスに映っても、こんなにかっこいい人がいるんだなと密《ひそ》かな感動を覚えていると、どこからかスマホの振動音が響いた。慶一がポケットからスマホを取り出す。維月の迎えの時間が来たらしい。

「次は維月くんも連れてきてくださいね」

「ああ。でもその前に明後日のデート、よろしく」

「デート？」

「これ」

慶一が長い指でカウンターのパンフレットを摘まむ。拓人はひゅっと息を呑んだ。

「ま、まさか、慶一さんも、一緒に？」

「そのつもりだったけど、邪魔かな？」

慶一がいたずらっ子のように笑う。拓人はぶんぶんと首を振った。

「ぜ、ぜひ……よろしくお願いします」

必死にクールを気取っても、慶一の前では一分と持たない。拓人は頬の熱に気づかれないように深く俯いた。

「こちらこそ。楽しみにしてる」

慶一は立ち上がり、俯いたままの拓人の頭をカウンター越しにくしゃりと撫でた。

「……っ」

思わぬ接触に心臓が跳ね上がる。この手のひらを拓人は知っている。大きくて温かいそれは、あの夜思うさま拓人の劣情を煽った。優しく扱かれた時の得も言われぬ疼《うず》きが蘇りそうになり、さらに体温が上がった。

慶一を見送ると、拓人はパンフレットを胸に抱きしめた。むふっと頬が緩む。

「デート……だって」

リップサービスだとわかっていても、心が舞い上がるのを止められない。慶一と出会ってから毎日が幸福で満たされている。夢ならばどうかいつまでも醒めないでと願わずにはいられない。

「幸せすぎて怖くなるって、こういう感じなのかな」

毎日が楽しすぎて、慶一と出会う前の自分が思い出せない。

祖父から受け継いだ店を潰したくない。常連客を繋ぎ留めたい。その一心で頑張ってきたけれど、上手くいかない毎日にいつしか心の余裕をなくしていたのかもしれない。

『恋はいいよ？　拓人くんも恋をしなさい』

杉野にはわかっていたのだろう。好きな人からもらう「美味しいね」のひと言が、どれほど胸に響くか。どれほど自信になるか。「一度寝たくらいで恋人面するつもりはない」なんて強がりを言ったけれど、本当は今すぐにでも慶一の恋人になりたい。

――もし慶一さんと会えなくなったりしたら……。

パンフレットを強く抱き、拓人はぶるっと身震いする。慶一のいない日々なんて想像するのも嫌だ。

重い。うざい。引く。そう思われたら途端、すべてが終わる。

『一度寝たくらいでこんなふうに誘ったりしたら、迷惑かな』

慶一は優しく茶化してくれたけれど、真に受けてはいけない。いつの間にかメガトン級に育ってしまったこの恋心を、決して悟られるわけにはいかない。クールでドライなおれを演じ続けなくてはならない。

食器棚のガラスには、幸福感に緩みまくった顔が映っている。拓人は慌ててキリッと表情を引きしめた。


「それで何度目だ」

「……え？」

「ため息」

「あぁ……すみません」

「まあ、気持ちはわかるけどな。デート、ドタキャンされたんだから」

日曜。拓人は松菱電機主催の新作コーヒー焙煎機発表会の会場にいた。しかしその隣を歩くのは、慶一ではなく上原だった。

昨日の昼前、慶一から連絡があった。急に仕事が入ってしまい一緒に行かれなくなったというのだ。初めてのデートに胸を躍らせていた拓人は、床にめり込んでしまうほどがっかりしたが、必死に声を振り絞った。

『全然平気です。ひとりで行ってきますから。お仕事がんばってくださいね』

努めて明るく答え通話を切った直後、その場に座り込み動けなくなってしまった。そこへ偶然上原から電話があり、事情を話すと代役を申し出てくれたのだ。

「休みなのにつき合わせちゃって、すみませんでした」

「気にすんな。どうせ暇だったんだ」

慶一が誘ってくれたイベント。初めてのデート。楽しみにしすぎていた分落胆が大きく、ひとりで出かける気にはなれなかった。かといって家でぐずぐず過ごすのも嫌だった。

「上原さんのおかげで楽しかったです」

「嘘つけ。お前、どのブースでも完全にうわの空だったろ」

上原がクスクス笑う。

「そんなことないです」

「そんなことあるだろ。せっかく美人の社員さんが説明してくれてんのにさ、全部右から左に抜けてる感じだったし」

機種のランク別に三つのブースがあり、それぞれの場所に待機している社員が説明をしてくれた。最上位クラスの機種のブースにいたのは、サラサラロングヘアのきれいな女性社員だった。スレンダーなのに胸が大きく、口元のほくろがやけにセクシーで、肝心の焙煎機より注目を集めていた。

初っ端、彼女が『マリエさん』と呼ばれているのを聞いてしまった拓人は、まさか彼女が維月の言う『マリちゃん』だったりして、などと余計なことを考えてしまい、説明にまったく集中できなかった。

「試飲しても『美味しいですね』しか言わねえし。コーヒーのことになると、いつも人が変わったみたいにうんちく語りだすくせに」

試飲をした記憶はあるが、味が思い出せない。精一杯いつも通り振る舞ったつもりだったのだが、上原の目をごまかすことはできなかったらしい。

「初めてだな。拓人がそんなふうになるの」

「そんなふう？」

「俺はいいことだと思うぞ？」

「なんの話ですか」

話が核心に迫るのを避けようとしたが、上手くいかなかった。

「大学時代、お前、恋愛を避けていただろ」

出口に向かって歩きながら、上原がちらりと視線をよこす。

「別に……」

「避けてた」

「おれは……ゲイだから」

「関係ないだろ。お前のこと気に入ってたやつ、俺が気づいただけでも三人はいたぞ。でもお前いつも『恋人いりません』オーラ全開にしてたから、誰も告れなかったんだ。ていうかお前が告らせなかったんだ」

「…………」

「今だから言うけど、あの頃ちょっと心配してたんだ、お前のこと」

上原の目に、当時の拓人は「死ぬまで恋はしない」と心に決め、好意を寄せてくる相手を避けているように見えたのだという。すべてを察してずっと寄り添ってくれている。あの頃も、今も。上原の優しさがあらためて身に沁みた。

「だから嬉しいんだ。お前に好きな人ができたことが」

拓人は足を止め、隣を歩く上原をおもむろに見上げた。

「この間の夜、店に来たスーツの人なんだろ？」

拓人は「はい」と静かに頷いた。

「だと思った。えらいイケメンだったもんな」

「おれ、自分から誰かを好きになったの初めてなんです。だからどうしていいのかわからなくて」

「別にどうもしなくていいだろ」

「そうはいきません」

「なんで」

「おれ、恋愛に向いていないんです」

長年の秘密を打ち明けるように神妙な声で答えた。ところが上原は大きく目を見開き、それから盛大に噴き出した。

「お前そんなこと考えてたのか。じゃあ逆に聞くけど、どういう人間が恋愛に向いていると思うんだ？」

「それは……」

重くなくて、うざくなくて、必死すぎてドン引きされない、クールでドライな人間です。そう答えようとしたけれど、なんとなく自信がなくなってきた。上原はクールでもドライでもなく、どちらかというと暑苦しい男だけれど、五年以上つき合っている彼女がいる。そろそろ結婚も考えているらしい。

「デートをドタキャンされたくらいでいちいち落ち込んでたら、身が持たないだろ。好きな相手の前で自分を取り繕う必要があるか？　ドタキャンされてがっつり落ち込んでまーすって、そのままのお前を素直に見せればいいいんだ」

「はあ……」

「そんな顔すんなって」

上原にバシンと背中を叩かれ、拓人は前につんのめる。

「おれ今、どんな顔してます？」

「ゾンビ」

「ゾンビ……」

「キングオブゾンビ」

会えると思っていたのに会えなかった。それだけのことでゾンビの王様になってしまうくらい、慶一を好きになっていたのだと、あらためて自覚する。

「お前に好きな人ができた記念に、今日は上原先輩が特別に晩飯を奢ってやろう」

「……え」

「なーんて、実は今日、彼女が実家に行ってていないんだ。寂しいからつき合え」

チャランポランなふりをしているが、上原はとことん優しい。彼女が不在だというのは、多分拓人に気を遣わせないための嘘だ。申し訳なさとありがたさでちょっと泣きそうになりながら、拓人は「つき合います」と不器用に笑った。


カジュアルなイタリアンレストランで夕食をご馳走になり、駅の改札で上原と別れた。ワインを飲みながら上原の惚《のろ》気話《けばなし》に耳を傾け、パスタを頬張りながら慶一がどんなに素敵な人なのかを語るうち、拓人の顔からはいつの間にかゾンビの影が消えていた。

——慶一さん、何してるかな。

電車の中からイベントのお礼のメッセージを送ったが、まだ既読マークがつかない。急な仕事だと言っていた。スマホを見る暇もないらしい。きっと今日も維月をお姉さんに預けているのだろう。

今よりもっと親しくなって、もっともっと信頼してもらえる日が来たら、慶一は自分に維月を預けてくれるだろうか。浮かんだ思いを即座に否定する。

——信頼だけじゃダメだ。

維月を託してもらえる日が来るとすれば、それは自分が慶一の家族になった時だ。ひと時の快楽を求める関係ではなく、生涯共に生きることを誓い合わない限り、維月を預けてはもらえないだろう。

——会いたいな。

慶一に会いたい。維月にも。

あの日そうしたように三人で食卓を囲み、笑い合って、維月の頬についたケチャップを今度は自分が拭いてやりたい。自転車に乗れるようになり、ランドセルを背負うようになり、やがてリスのぬいぐるみなんて見向きもしなくなって……そんなふうに成長していく維月の姿を、慶一と一緒に見守りたい。

「……って、どんだけ欲張りなんだ、おれ」

思いは日増しに膨れ上がっていく。胸がはち切れそうで息が苦しくなる。

恋とはそういうものだというのなら、高校時代に経験したあれはなんだったのだろう。振られた直後はちょっと落ち込んだが、食事はちゃんと喉を通ったし、学校を休むこともなかった。恋をしたような気分になっていただけで、恋などではなかったのかもしれない。もしも慶一に会えなくなったら、普段通り店に立つことなどとてもできない。慶一に嫌われたら、生きていかれない気がする。

あれこれ考えながら、いつの間にか慶一のマンションの近くまで来ていた。百メートルほど手前の路上から慶一の部屋を見上げるが、案の定窓に明かりは灯っていなかった。スマホを確認しても、メッセージは未読のままだ。

——今夜も遅いんだろうな。

諦《あきら》めてゆっくりと歩きだした時だ。一台のタクシーがエントランスの方に走っていくのが見えた。街灯が一瞬、後部座席に座った客の横顔を照らした。

——慶一さんだ。

拓人は弾かれたように駆けだす。走りながら顔の筋肉が緩んでいくのがわかった。まさか会えるなんて。ラッキーすぎて、今週の運をすべて使い尽くしてしまいそうだ。たたらを踏みながら角を曲がると、エントランスの前に停車したタクシーからスーツ姿の慶一が降りるところだった。拓人は呼吸を整えながら近づいていく。

「慶……」

すらりとした後ろ姿に声をかけようとした瞬間、どこから現れたのか、熊のような巨体がのしのしと慶一に近づいていくのが見えた。拓人は咄嗟に目の前にあった自動販売機の陰に身を隠す。

「御影！」

男の声に慶一が男を振り返り「おう」と応える。

「悪い。待ったか？」

「今来たところよ。はいこれ、チケット。クリスマスのイベントには、予約とは別にこのチケットが必要だそうだから、なくすんじゃないわよ」

熊なのに女性のような口調。どうやら男はそっち系の人間らしい。拓人は身を硬くしながら耳を欹《そばだ》てた。

「サンキュ。それにしてもよく取れたな」

「蛇の道は蛇って言うでしょ。実はここのオーナー、うちの客なの」

「なるほど」

「ま、この間のお礼だから遠慮しないで取っときなさい」

「遠慮はしない。なぜなら金を出すのは俺だ」

クスクス笑い合っている。どうやらふたりはここで待ち合わせをしていたらしい。

「そうそう。あんたの最近の上機嫌の理由がわかったわ」

「なんのことだ」

「あらましらじらしい。サラサラロングヘアのスレンダー巨乳美女。口元のほくろが卑猥なほどセクシ〜」

熊が歌う。

「ああ、彼女か。あれは」

「久しぶりにクリスマスを過ごす相手が見つかってよかったわね。お・め・で・と」

「あのなあ。何を勝手に――」

「それにしても御影が巨乳好きだとは知らなかったわ。しかも昼間っから堂々とホテルにしけこむとは――痛っ、ちょっと痛いじゃない」

「声がでかい。ちょっとこっちに来い」

「何よ。あたし今から出勤なのよ」

「いいから来い」

ふたりの声が遠ざかり、聞こえなくなる。自販機の陰からそっと覗くと、エントランスの自動ドアがゆっくりと閉まるのが見えた。

――サラサラロングヘアのスレンダー巨乳美女……。

間違いない『マリエさん』だ。そしてほぼ間違いなく、維月の言う『マリちゃん』だ。

急に仕事が入ったと言っていた。とても申し訳なさそうに、残念そうに。男らしく誠実な声がまだ耳に残っているというのに、慶一はマリエとホテルに行っていたのだ。

蠱惑《こわく》的なマリエの笑顔が浮かぶ。あのスレンダーな身体を、慶一は抱いたのだろうか。維月を姉に預けて。昼間から。自分との約束をドタキャンして。

スニーカーをアスファルトに縫いつけられたように、拓人はその場に立ち尽くす。

「なんで……」

震える声で呟いた。

わかっている。慶一が誰を好きになろうといつどこで誰を抱こうと、拓人にはとやかく言う権利などない。自分たちの間にはなんの約束もない。恋人ですらない。あの夜だって、拓人から迫らなければ何事も起きなかったはずだ。

『「マリちゃんのおっぱいきもちいいね」って言うとね、パパも「そうだな」って笑うの』

維月の無邪気な声が蘇る。思えばあの時悟るべきだったのかもしれない。顔を忘れるくらいの間会っていないのは維月だけで、慶一自身は彼女と頻繁に会っていたのだろう。

あの夜みたいに、慶一は彼女を抱くのだろうか。今日も抱いたのだろうか。自分にそうしたように、優しくいやらしい愛撫を身体中に施したのだろうか。鼓膜を舐め回すような低く湿った声で、彼女に愛を囁いたのだろうか。

なまじ慶一の手管を知っているだけに、想像がリアルになる。拓人はぐっと奥歯を噛みしめた。指先が冷たい。胸が苦しくて息ができない。

「なんで……」

もう一度繰り返した時、エントランスの自動ドアが開いた。

出てきたのは熊ひとりだけだった。熊は大通りに向かってのしのし歩いていく。拓人は反射的にその後を追った。熊がタクシーを止め、乗り込む。少し迷って、拓人は後続のタクシーに手を上げた。


「いらっしゃいませ」

木製の重い扉を開けると、カウンターの中に熊がいた。およそ十五分前、タクシーを降りた熊は、この扉を開け店の中に入った。『Monroe《モンロー》』と書かれた看板に明かりが灯ったのが五分前。他に客がいないことはわかっていた。

薄暗い店内を見回す。店名の由来なのだろう、往年の女優モンローのモノクロ写真や映画のポスターが壁一面に貼られている。

「お好きな席にどうぞ」

熊がママなのだから、その手の店なのだろう。思春期に自分の性的指向に気づいた拓人だが、ゲイバーに足を踏み入れるのは生まれて初めてだった。

「それでは、失礼します」

一番ドアに近いスツールにぎくしゃくと腰を下ろすと、熊がふっと笑った。

「別に取って食ったりしないわよ」

「……え」

「上着くらい、脱いだら？」

極度の緊張が伝わったらしい。拓人は俯いたままもぞもぞとジャケットを脱ぐ。

熊は慶一の知り合いだ。さっきの会話から察するに、かなり親しい間柄なのだろう。緊張するなという方が無理だ。

「なんにするの？」

「え？」

「注文」

「あ……すみません、えっと」

カウンターに置かれたメニューには、小さな文字でぎっしりと酒の名前が並んでいた。すべて英語表記なうえに、熊の直筆らしく万年筆で殴り書きされていて、まったく判読できない。稀《まれ》に見る悪筆だ。

「これ、お願いします」

仕方なくメニューの真ん中あたりを適当に指さした。今夜はよほど運がないらしく、出てきたのはテキーラだった。くし切りのライムと塩が添えられている。どうしていいのかわからずにいると、熊が「まずライムを齧るのよ」と教えてくれた。

「そしたら間髪入れずにテキーラを流し込むの。で、シメに塩を舐めなさい」

言われた通りにライムを齧ると、唾液腺がパニックを起こしたように痛んだ。盛大に顔を顰めたままテキーラを呷ると、食道と胃がジンジンと焼けた。塩はただただしょっぱいだけだった。顔面が苦痛に歪む。

「なんて顔してんのよ」

「こんな地獄のフルコース味わうための酒、お金を払ってまで飲む人の気が知れません」

思わず零れた本音に、熊は一瞬目を剝き、それから「あっははは」と豪快に笑った。

「日曜だから暇だろうと思ったら、面白い子が来たわ。学生さん？」

「二十六です。これでも」

熊は「へえ」と意外そうな顔をし、チェイサーを出してくれた。

「誰かの紹介？」

「……え？」

「こんな場末のゲイバーに、ひとりで飛び込んでくるタイプには見えないけど」

「…………」

テキーラで喉を焼くために熊を追ってきたのではない。拓人は意を決した。

「弁護士の御影先生が、こちらによくいらっしゃっていると伺ったので」

「御影？　あんた御影の知り合いなの？」

「はい。実はその昔、おれの家族が御影弁護士のお世話になりまして」

数年前父親が事業で借金を抱え、任意整理をすることになった。その際に力になってくれたのが慶一だった――。タクシーの中で必死に考えた設定だ。

「その節は慶……御影弁護士にとてもお世話になりまして……ふと、お元気でいらっしゃるかなあと……思いまして」

即席にしてはよくできた設定だと思ったが、熊は「ふうん」と鼻白んだ。

「御影が自分で言ったの？　うちの常連だって」

「……え」

「弁護士がクライアントの息子に、『俺はゲイバーの常連なんだぜ』って？」

「そ、それは、えっと」

脇を嫌な汗が流れる。取調室に入るなり刑事にアリバイを見破られた犯人の気分だ。

「こんな店やってるとね、嘘には敏感になるものなの。御影のことでなかったら騙されたふりしてあげてもよかったんだけど」

「……すみません」

「あんた、御影に惚れてるの？」

拓人は俯いたまま小さく頷いた。最近ひょんなことで知り合いひと目惚れをした。慶一のことをもっと知りたくてここに来たのだと、正直に話した。

「そんなことじゃないかと思ったわ」

棚からシェイカーを取り出しながら、熊が嘆息する。

「いきなりこんなこと言うのもアレだけど、やめておきなさい。あんた、御影とは合わないわ」

断定的な物言いがカチンときた。

「どうしてですか。会ったばかりなのに、おれの何がわかるんですか」

「それがね、びっくりするほどわかっちゃうのよ」

「だからなんでそう思うんですか？　具体的に説明してくださいよ、熊さん」

夕食のワインですでにほろ酔いだった。一気に煽ったテキーラがダメ押しとなり、怖いものがなくなってきた。

「熊？　それあたしのこと？」

「他に誰かいますか」

「……ったく、クソ可愛い顔してクソ失礼な子ね」

熊は嘆息しつつ「金剛寺よ」と名乗った。

「金剛寺さん」

「あたしを金剛寺って呼ぶのは、御影くらいよ。あたしはこの店では――」

「金剛寺さん」

繰り返すと、金剛寺はふんっと鼻で笑い「クソ嫌な子ね」と拓人を軽く睨んだ。クソがお気に入りらしい。

「金剛寺さんは、慶一さんのことなんでも知ってるんですか」

「高校時代からのつき合いだからねえ。なんでもってことはないけど、まあそれなりに」

高校時代からということは、二十年近くのつき合いということになる。金剛寺は慶一の恋愛遍歴をどれほど詳しく知っているのだろう。

知りたいような知りたくないような。心の天秤が頼りなく揺れる。

「あんた、御影のこと知りたくてこんなところまで来たの？」

「……別に」

白々しい返事に金剛寺は口元を緩めてまた嘆息する。

「慶一さん、昔からモテたでしょうね」

「まあね。あれはほら、静電気だから」

「静電気？」

「望むと望まざるとに拘わらず、いろんなものを惹きつけちゃうの。ゴミでも埃《ほこり》でも」

「ああ……」

「あまりにモテすぎて、自分から誰かを好きになる暇がないって言うんだから、それはそれで笑えないわよね」

金剛寺が保冷庫から取り出した氷を、アイスピックで砕く。

「ま、最近は父親業に専念しているようだけどね」

「以前は遊んでいた、ってことですか？」

「遊びだったわけじゃないけど、誰に対しても淡泊だったわね。誰とつき合っている時もあんまり楽しくなさそうだったわ。おっとっと、あんたがクソ可愛いからちょっとしゃべりすぎたわ。これ以上余計な話をしたら、御影に尻蹴《け》られちゃう」

金剛寺はどこか楽しげに、砕いた氷をシェイカーに放り込んだ。

——可愛いって、さっきから二回も。

からかわれているんだろうと思ったら、頭の中でふたたびカチンと音がした。

「金剛寺さんに教えていただかなくても大丈夫ですよ。おれ、慶一さんと寝ましたから」

自分の口から飛び出した言葉のインパクトに、心臓が止まりそうになる。

——何言ってんだ！　おれ！

思わず両手で口を覆った。しかし金剛寺は「だから？」と眉ひとつ動かさない。山のように動じない態度が拓人の焦りを煽る。

「も、もちろん一度寝たくらいで恋人面する気はありませんよ？　おれ、こう見えてもわりと経験豊富な方だし、性格的にもクールでドライで後腐れのないタイプだし」

「クー……ル？」

シェイカーを振ろうとしていた金剛寺の手が止まった。次の瞬間、金剛寺は天井を向いて「あはははは」と大爆笑した。

「なんっすか。なんかおかしいこと言いましたか、おれ」

「だってあんた……ぷっ……クールとか」

「事実ですから」

金剛寺は「あのねえ」と指先で眦の涙を拭う。

「クールな遊び人を気取るなら、せめてテキーラの飲み方くらい覚えてらっしゃい。シャツのボタン一番上までぴっちり留めて、緊張でちびりそうな顔で『失礼します』ってぎくしゃくとスツールに座る遊び人なんて、見たことないわ」

金剛寺がシャカシャカと軽快にシェイカーを振る。

「金剛寺さんが見たことないだけです」

「新手の遊び人だって言いたいの？」

金剛寺は腹筋を震わせながらカクテルグラスを取り出す。シェイカーから注がれる液体は、鮮やかなオレンジ色だ。

「人にはね、それぞれが持つ匂いがあるの。どんなに取り繕っても……ううん、取り繕おうとすればするほど余計に醸し出してしまう匂いがね」

「匂い……」

拓人はシャツの肩口をくんくんと嗅《か》いだ。

「あんたからは、遊び人の〝あ〟の字も感じられない。——はい、どうぞ」

差し出されたカクテルには、オレンジとミントの葉が浮かんでいた。

「奢りよ。十杯飲んでもテキーラ一杯分にもならない度数だから、安心して飲みなさい」

初めて聞く優しい声に、拓人は素直にグラスを受け取った。

「……いただきます」

爽やかな甘みの中にほんのりと苦みが混じる。飲み込むと、清涼な柑橘《かんきつ》系の香りが鼻に抜けていった。

「……美味しい」

「あんたのイメージで作ったカクテルよ」

「…………」

あんたにはそれがお似合いよ。暗にそう言われた気がした。アルコール耐性の問題ではなく、住む世界の違いを突きつけられたのだ。

『久しぶりにクリスマスを過ごす相手が見つかってよかったわね。お・め・で・と』

マンション前での会話が蘇る。

「サラサラロングヘアの……スレンダー巨乳美女」

思わず唇から零れ落ちた。金剛寺が驚いたように目を見開く。

「なんだ、さっきの話聞いてたのね」

「慶一さん、やっぱりクリスマスは……」

金剛寺が静かに頷いた。

「らしいわよ。維月と彼女と三人で過ごすんじゃないかしら」

——やっぱり……。

拓人はぐっと拳を握りしめた。

「あんた、そこまで知ってて、どうして……」

言いかけて、金剛寺は言葉を呑む。

「そうよね。人を好きになるって、そういうことよね」

頷いたら涙が零れてしまいそうで、拓人は奥歯を強く嚙みしめる。

「御影のやつ、いい歳してこんなクソ可愛い子を泣かせるようなことして、今度会ったらあの形のいい尻、思いっきり蹴飛ばしてやらなくちゃ」

「あの、おれがここに来たことは」

「大丈夫。あたしこの界隈《かいわい》じゃ、口の堅いオカマで有名なんだから」

口が堅いというわりには、慶一のことをいろいろ教えてくれたなあと一抹の不安を覚えつつ、拓人は『Monroe』を後にした。

とぼとぼと見知らぬ路地を歩く。さっきは金剛寺を追うのに必死だったから、どちらに

MENU

向かえば通りに出るのかもわからない。

「慶一さん……」

名前を口にしたら、こらえていたものが一気に溢れてしまった。

来月のクリスマスを、慶一はマリエさんと維月と三人で過ごす。維月は赤い三角帽子を頭に載せ、楽しそうにジングルベルを歌うだろう。その様子を慶一とマリエさんが時折微笑みを交わしながら見守る。浮かんだ光景があまりにも自然で、あまりにも幸せそうで、拓人はそこから歩けなくなる。

『マリちゃんのおっぱいいね、ふわふわできもちいいの』

維月の無邪気な台詞が蘇る。自分と出会う前に、維月はマリちゃんに懐いていた。

――おれの入る隙なんて、ない。

「……うっ……」

冷たいコンクリートの壁に背中を預け、拓人は嗚咽《おえつ》した。誰でもいい。傍にいて声を聞かせてほしい。自分が今、この世界にひとりぼっちじゃないと確かめたい。

取り出したスマホの画面には、着信が三件と表示されていた。いずれも慶一からだった。

慶一に会いたい。会いたくてたまらない。

けれど拓人が震える指で触れたのは、慶一の番号ではなかった。

三回目のコールで繋がった。

「上原さん……おれ、どうしたらいいですか」

＊＊＊＊

「……それではこの件はこれで……はい……失礼いたします」

　通話を切った瞬間、慶一はどっとため息をついた。

　ここ三週間ほど頭を悩ませてきた社長の浮気問題が、今日ようやく解決に至った。当初、奥歯に物が挟まったように歯切れの悪かった社長に、慶一は『すべて正直に話してくれないと弁護しかねる』と迫った。すると社長はこの二週間の間に、相手の女子社員に総額二百万円もの口止め料を渡していたと打ち明けたのだ。目眩がした。社長本人を前にして思わず頭を抱えてしまったことは許してもらいたい。

　早速相手の女性を呼び出し、これからは電話も手紙もよこさないこと、社長の迷惑になる行為は一切しないことを約束させ、文書を交わした。しかしそれでも彼女は金の請求をやめなかった。調べてみると彼女には数百万円の借金があることが判明した。入れ込んでいるホストがいたのだ。立派な恐喝事件だ。

知り合いの検察官に連絡すれば済むことなのだが、事はそう単純にはいかなかった。社内的に極秘の案件であるうえ、夫の浮気に気づきそうになっている社長夫人にも知られるわけにはいかない。証拠ひとつ集めるのも隠密行動で、普段の何倍も神経を使った。

慶一からの連絡をのらりくらりとかわしていた彼女だが、土曜日になってようやく話し合いに応じてもいいと言いだした。この手の相手は時間が経つにつれ気が変わる可能性が高い。慶一はすかさず『明日の日曜日にしましょう』と日時を指定した。彼女は何か用事があったらしく迷った様子だったが、やがて『午後でしたらなんとか』と承諾し、社屋からかなり遠いエリアの目立たない裏路地にあるカフェを指定してきた。

『ホスト遊びのことも借金の件も、ご両親はご存じないんでしょうね』

穏やかな声色で厳しく詰め寄る慶一に、彼女はひどく動揺して泣きだし、社長とすっぱり縁を切ること、妻にも電話したりしないこと、恐喝まがいの金の無心は二度としないことなどを綴《つづ》った文書にサインした。

中林真理恵《なかばやしまりえ》。髪の長いスレンダーな美女だった。社長は『口元のほくろがエロくてねえ』とだらしなく目尻を下げていたが、慶一の好みではなかった。

彼女が指定してきたのはいわゆるホテル街にあるカフェだった。あわよくば慶一を取り込もうと考えたのだろうが、幸か不幸か慶一はその手の誘いには人一倍耐性がある。美人や美男の誘惑にいちいちくらくらしていたら仕事にならない。

ただ、金剛寺に見られていたのは予想外だった。

——あいつ壮大な誤解をしているみたいだったな。

守秘義務があるので詳しいことは話せなかったが、彼女と金剛寺が接する機会はないだろう。好きなように誤解しておけばいい。

一報を入れると、社長は大いに喜び感謝の言葉を連発した。感謝はいらないのでこれに懲りて、今後は行動を慎んでくれるよう祈らずにはいられなかった。

社長の女癖の悪さのせいで、せっかくの日曜だというのに維月を姉に預けることになってしまった。楽しみにしていた拓人とのデートも、土壇場でキャンセルする羽目に。『全然平気です』と言っていたが平気なわけがない。通話を切った後、がっくりと項垂れたに違いない。

——無駄に強がるからな、あれは。

申し訳なさと同時に愛おしさが込み上げてくる。問題は解決したし、来週の日曜はまた拓人と維月と三人であの公園に行かれる。

「今後は誰がなんと言っても、休日を死守するぞ」

決意を新たにしたところで大事なことを思い出した。拓人からのメッセージに返信をしていなかった。

急いでスマホを取り出すと、待っていたように着信音が響いた。すわ拓人かと破顔しそうになったが、表示されていたのは同期の名前だった。今日のイベントを紹介してくれた広報部の北尾《きたお》だ。

『よう、御影。仕事だったんだって？』

「そうなんだ。せっかくパンフレット持ってきてくれたのに、行けなくて悪かったな」

『いいさ。どうせまた社長だろ？　ゴルフでもつき合わされたのか？』

「そんなところだ」

今回の浮気騒動は、墓まで持って行くつもりだ。

『今週はお互いについてなかったな』

「お前も出勤だったのか。もしかして今日のイベントか？」

『ああ。急遽《きゆうきよ》招集されてな。ブースひとつ任せてた女子社員に「午後代わってほしい」って頼まれてさ。ほら、お前も知ってるだろ、うちの部のスレンダー美女』

「あ……ああ、噂《うわさ》くらいは」

中林真理恵が北尾と同じ広報部だったことを思い出した。真理恵の用事というのは、焙煎機の新作発表イベントのことだったのだ。

『美女の頼みってのは、断りにくいからな』

まんざらでもなさそうに笑う北尾に、休日を奪ってすまんと心の中で謝罪した。

『今、参加者名簿をプリントアウトしているところなんだけど、お前、昼前に来たことになっているぞ』

「ああ、それ一緒に行く予定だった子だ。うちの近くの喫茶店の店長なんだ」

今日のイベントはクローズドだ。あらかじめ取引先や近隣のカフェなどに配布したナンバーつきのパンフレットを持参しないと入場できない。さらには会場入り口で、名簿に記名することになっている。

『なるほどそういうことか。で、どっちなんだ？』

「どっち？」

『喫茶店の店長だよ。お前のパンフ番号でふたり入場しているぞ。小暮拓人って人と、もうひとりはえーっと、上原哲也《てつや》って人』

――上原……？

一瞬、思考がフリーズした。拓人は上原を誘って今日のイベントに行ったのだ。

『全然平気です。ひとりで行ってきますから。お仕事がんばってくださいね』

声は確かに明るかった。いつもの不自然なクール気取りだろうと決めつけていたけれど、どうやらそうではなかったらしい。ひとりで行くと言っておきながら、心の中では上原を誘おうと決めていたというのだろうか。

約束をドタキャンし、がっかりさせてしまったと思っていた。落ち込んでいるのではないかと心配していたのに。

──いらぬ心配だったってことか。

嫌な予感はあった。一昨日の夜、慶一が『小暮珈琲』を訪れた時、カウンターには上原の姿があった。閉店時間の過ぎた店内で、拓人は上原と顔を突き合わせて笑っていた。

『まあ、俺はお前の特別だからな』

『誤解されそうな言い方やめてもらえませんか』

慶一の姿を見るや、楽しげな会話がやんだ。見られたくないものを見られてしまったとでも言いたげに、拓人は笑顔を消した。

なぜ上原には無防備な笑顔を見せるのだろう。なぜ自分の前では素顔を隠そうとするのだろう。

──拓人くんの心の真ん中にいるのは、俺じゃなくて上原くんなのか。

維月がもらったリスのぬいぐるみも上原の土産だと言っていた。出張のたびに土産を買ってくるのだと。

──まさかふたりはそういう関係なのか……。

胃の奥が、カッと熱くなる。

北尾との通話を切るや、間髪を入れず拓人に電話した。

「……出ない」

何度かけ直しても拓人は電話に出なかった。拓人は今どこで何をしているのだろう。ひとりなのか、誰かと一緒なのか。不安といら立ちが綯《な》い交ぜになる。

「くそっ」

慶一はソファーに投げ置いたジャケットを鷲掴《わしづか》みにすると、大股で玄関へと向かった。

全力疾走で『小暮珈琲』に辿《たど》り着くと、意外なことに店には明かりがついていた。

――戻っていたのか。

ホッとしたのも束《つか》の間、扉のガラスから覗き見た光景に慶一は息を呑んだ。店の片隅で、拓人は上原の腕の中にいた。胸に顔を埋める拓人の背中を上原の手のひらが擦《さす》っている。

――どうしてっ……！

頭が真っ白になる。

「拓人くん！」

勢いよくドアを開くと、ふたりがハッとこちらを振り向いた。

「慶一さん……」

拓人は驚いたように目を見開いたが、すぐにその表情を消した。明るさを落とした店の照明に、涙で濡れた頬が光っているのが見えた。

「どうしたんですか。こんな時間に」

「電話に出ないから、心配になって来てみたんだ」

「ああ……気づかなくてすみません」

なんの感情も感じ取れない、ひややかな声だった。着信を確かめることもしない。

ち、違うんです、上原さんはただの先輩で——。どこかでそんな言い訳を待っていた。

しかし拓人の唇から零れ落ちたのはまったく違う台詞だった。

「イベント、楽しかったです。ありがとうございました。今ちょっと取り込んでいるので用がないなら帰っていただいていいですか？」

「っ……」

言葉を失って立ち尽くす慶一から、拓人はすっと視線を逸らした。

上原が困惑したように、慶一と拓人を見比べる。

「おい、拓人」

「少し、話がしたい」

「すみません、今、上原さんと大事な話をしているところなので」

拓人はくるりと背を向けた。取りつく島もない態度に、全身の血が冷えていく。

目の前にいるのは本当に拓人なのだろうか。自分の知っている、あの拓人なのだろうか。

家に来ないかと誘った時、日曜の公園に誘った時、不自然に抑えた表情の隙間から喜びがダダ洩れになっていた。必死にクールを装おうとするのに、まるで装えていない不器用さが可愛くてたまらなかった。

こっそり自分の横顔を見つめる甘ったるい視線も、ベッドでの意外なエロさも、何もかも演技だったというのか。出会った日からずっと好かれていると感じていたのは、勝手な勘違いだったのだろうか。錯覚だったというのだろうか。

無言のまま踵を返し、店を後にした。怒っていたからではない。かつてないほどのひどい混乱と落胆が、怒りをどこかへやってしまった。

五分もしないうちにポケットのスマホが鳴った。

【来週のお約束ですが、所用で行けなくなりました。維月くんに謝っておいてください。しばらく忙しいので連絡できないと思います。申し訳ありません】

ダンッ！　と大きな音がした。右の拳が傍らのブロック塀に叩きつけられる音だった。

何が「所用」だ。何が「申し訳ありません」だ。込み上げてきた熱い感情を、なんと呼べばいいのか慶一は知らない。

生まれて初めてだった。こんなに激しい感情に苛まれるのも。拳でブロック塀を殴るのも。どうしようもなくひとりの人間に固執してしまうのも。

「拓人……」

呼び捨ててみると、少しだけ自分に近づいた気がした。

——こんな気持ちのまま、終わりにできるわけがない。

「終われるわけがない。……こんなに好きなのに」

初めて自分から誰かを好きになった。初めてこんなにも人を好きになった。

――俺の……初恋？

「バカな」

笑い飛ばそうとしたが、上手くいかなかった。

経験だけなら人並み以上に豊富だ。酸いも甘いも嚙み分けてきた三十四歳が、今さら初恋はないだろう。金剛寺に知れたらその場で爆笑されるか、気でも触れたかと気味悪がられるかのどちらかだ。

『恋人ができても一ミリも浮かれない。別れても一ミリも落ち込まない。あんたは昔っからそういう男よ』

からかう金剛寺に反論する気はなかった。なぜならそれが事実だったから。出会いにも別れにも、特別感傷を抱いたことはなかった。

けれど今、胸を掻きむしりたくなるほどの熱が慶一を苛んでいる。

こんなにも切なく、こんなにも愛おしい。誰にも渡したくない。誰にも触れさせたくない。そんな気持ちにさせられたのは拓人が初めてだった。

「……俺は諦めないからな。絶対に」

呟きを夜風に載せたら、胸の奥がぎゅうっと痛んだ。

恋とコーヒーは似ている。好みは人それぞれで正解が存在しない。どこまでも曖昧で掴みどころがなく、追い求めれば求めるほどにわからなくなっていく。

「ごちそうさまでした。コーヒー、すっごく美味しかったです」

「ありがとうございます。またお待ちしております」

笑顔の若いカップル客を見送ると、店内に数時間ぶりの静寂が訪れた。オフィス街の外れにある『小暮珈琲』の土曜は、本来一週間で一番客が少ない。しかし今日は珍しく開店から客足が絶えず、昼食を摘まむ暇もないほど忙しかった。

ふうっと大きく息を吐き、拓人はテーブルを片づけ始める。

——でも、忙しくてよかった。

じっとしているとろくなことを考えない。

『今ちょっと取り込んでいるので、用がないなら帰っていただいていいですか?』

自分が放った台詞が未だに信じられない。電話に出ないのを心配して駆けつけてくれた

＊＊＊＊＊

というのに、あんな言い方をしなくてもよかったのにと思う。けれどああでも言わなければ、日々膨れ上がるこの気持ちに踏ん切りをつけられない。

維月の言う「マリちゃん」は「スレンダー美女のマリエさん」だった。慶一はあの日ホテルでマリエと会っていた。急な仕事だと嘘をついて、拓人との約束をドタキャンしてまで。明るい未来を描くはずだったキャンバスが、一夜にして墨汁で染まってしまった気がした。

あれから明日で一週間。何を見ても何を聞いていても、脳裏に浮かぶのは慶一のことばかりだ。もう二度と会えないかもしれないのに、慶一は拓人の心の真ん中に居座り続けている。

表の通りを子供たちが自転車で駆け抜けていく。チリンチリンというベルの音に、維月の笑顔が過る。本当なら明日は、あの公園で維月の練習につき合うはずだった。

『じれんしゃにのれたら、ぷりんあらどーも、たのんでいい？』

大きな瞳をキラキラさせていた維月を思い出したら、目の前が滲んだ。そう遠くない未来、維月はきっと自転車に乗れるようになる。けれどその喜びの光景の中に拓人はいない。維月にプリンアラモードをご馳走してやる日は、多分やってこない。

溢れそうになる涙をこらえながら片づけを続けていると、ポケットのスマホが振動した。

――上原さんかな。

あれから上原は毎日のように電話をくれる。あの夜、拓人が慶一に対して取ったあまりに冷たい態度に、上原は戸惑いと驚きを隠さなかった。慶一が帰った途端、崩れ落ちるように泣きだした拓人の背中を擦り続け、夜半まで話を聞いてくれた。

『お前の気持ちはわかった』

温かい手のひらと穏やかな声に、またぞろ涙が溢れた。

『確かにそれが事実なら、俺は慶一さんを許せない。けど慶一さんの言い分も聞いた方がいいんじゃないのかな』

拓人は俯けていた顔をのろりと上げた。

『お前が初めて心から好きになったのは、平気で二股かけるような人なのか?』

上原の問いに、拓人は静かに首を振った。出会ってまだ間もないけれどわかる。慶一はそんなことをする人間じゃない。自分に向けられる優しい笑顔の裏で他の女性を愛していたなんて信じられない。信じたくない。

『不安があるなら、ちゃんと本人に確かめた方がいい』

上原の言うことはもっともだと思う。ただ頭では理解できても心がついていかなかった。面と向かってマリエとの関係を問う勇気はない。本当の拓人はクールでもなければ遊び慣れてもいない。恋が砕け散る音を聞きたくなくて、怯えて震えることしかできない臆病者なのだ。

——上原さんに心配かけちゃったな。

全然大丈夫じゃないけれど、今日は「もう大丈夫です」と言おう。決心してスマホを取り出した手が止まった。電話は慶一からだった。

「どうしよう……」

問いかけたところで誰も答えてはくれない。指先で液晶をひと刷きすれば慶一の声が聞ける。しかしもしかするとこれが最後の会話になるかもしれない。

迷っているうちにコールが途切れた。

——間違いだったのかな。

安堵《あんど》と落胆を同時に覚えながらスツールに腰を下ろした途端、もう一度スマホが振動した。どうやら誤ってかけてきたわけではなさそうだ。

慶一の口からマリエの名前を聞くのは怖いけれど、電話を無視し続けるのはあまりにも不誠実だ。拓人は意を決し、スマホを耳に当てた。

「……はい」

『拓人くんか？　仕事中にすまない』

慶一はいつもより早口だった。ひどく焦っているように聞こえる。

「……いえ」

『つかぬことを聞くが、きみのところに維月が行っていないか』

「維月くんですか？」

尋ねられている内容が何を示唆しているのか、すぐには理解できなかった。
「来ていませんけど」
『そうか。変なことを聞いてすまなかった』
「いえ。あの、維月くん、どうかしたんですか?」
拓人の問いかけに、慶一は少し間を置き、答えた。
『実は、維月がいなくなった』
「えっ……」
感情を押し殺したような声に、拓人は声をなくしたままスツールから立ち上がった。
事の発端は、遅い昼食の食卓だったという。
『ねえパパ、あした、こうえん行く日だよね?』
ナポリタンの中からウインナーを探し出しながら、維月が尋ねた。
『維月、ウインナーだけ先に食べちゃダメだって、いつも言ってるだろ』
『はぁい。ねえ、あした、こうえんの日でしょ?』
『ああ、そうだったな』
『いっくんね、あしたはぜったい、じれんしゃのれるようになる』
『……そうだな』
『じれんしゃのれたら、拓人くんにぷりんあらどーも、つくってもらうんだ~』

『維月、そのことなんだけど』

慶一は拓人が来られなくなったことを告げた。維月は手にしていたフォークを放り出し、椅子から飛び降りたという。

『なんで？　ねえ、なんで拓人くん来ないの？』

『都合が悪くなったんだ』

『つごうってなあに？　なんで来れないの？』

『なんででもだ』

『パパ、拓人くんとけんかしたの？』

『………』

図星を指され、慶一は一瞬返事ができなかったという。

『パパのバカ！　なんでけんかしたの？　拓人くんにごめんなさいしてよ！』

『けんかなんてしていないよ』

慌てて取りなしたが、維月はぶるぶると頭を振るばかりだった。

『やだ！　拓人くん来ないの、やだ！』

『仕方がないだろう。拓人くんにだって事情があるんだ』

『じじょ、いやだ！　いっくん、拓人くんに会いたい。パパ、拓人くんにおでんわして！』

いつもは聞き分けのいい維月が、半べそで慶一の腕を揺すぶったという。

『維月、いい加減にしなさい』

『やだ、いいかげんにしない！』

『それ以上わがままを言うと、パパ怒るぞ！』

思わず声を荒らげると、維月は『パパのバカ！　大きらい！』と叫んで自分の部屋に閉じこもってしまったという。

『維月をあんなふうに怒鳴ったことは初めてで、俺もちょっとショックで、仕事部屋で頭を冷やしてたんだ』

しばらくして見に行くと、維月はリスのぬいぐるみを抱いてベッドに突っ伏していた。

『てっきり泣き疲れて眠ってしまったんだと思ったんだ』

ところが小一時間ほど経ってもう一度子供部屋を見に行くと、維月の姿が忽然《こつぜん》と消えていたのだという。

『マンションの周辺はくまなく探したんだが、見つからない』

目の前が真っ暗になった。

「……おれのせいです」

絞り出すように呻いた。次回も練習につき合うと約束した。たとえ相手が四歳の子供でも約束は約束だ。破っていいはずがない。

「おれが約束を破ったから……」

『きみのせいじゃない。悪いのは感情的になって維月を怒鳴ったりした俺だ』

沈痛な声に、胸が絞られるように痛んだ。

「おれも探します。今からそっちに――」

『いや、そこにいてくれ。維月が行くかもしれない。俺は今から警察に連絡をする。きみのところに行っていないとなると、最悪のケースも考えなければいけない』

維月が行ったらすぐに連絡をくれ。そう言って慶一は電話を切った。

――最悪のケースって……。

事の重大さに、膝が震えた。

「どうしよう……」

あの夜、慶一は『話がしたい』と言った。それなのにマリエの存在に動揺していた拓人は聞く耳を持たなかった。慶一が何を話そうとしているのか想像しただけで怖かった。だから目の前に迫ってくる現実から目を逸らした。

けど、だからといって維月との約束を破っていいことにはならない。

――指切りまでしたのに。

『いっくんも！　いっくんも、拓人くんのコーシーのみたい！』

『パパ、拓人くん、おきたよ！』

『拓人くん、どっちがいい？　いっくんは、黒ネコさんにする』

プリンアラモードを楽しみにしていた。リスのぬいぐるみに頬をすり寄せていた。脳裏に浮かぶ天使のような笑顔に、胸が搔きむしられる。

――維月くん……ごめん。

ぐっと奥歯を嚙みしめた。今は感傷に浸っている場合ではない。反省も謝罪も維月が見つかってからすればいい。

維月は一体どこへ行ってしまったのだろう。四歳の保育園児が自力で行動できる範囲は限られている。自転車にすらひとりでは乗れないのだ。早く乗れるようになりますようにと仏壇に祈る維月を、慶一は『他力本願か』と笑っていた。

『いっくんも、おいのりする！　ながれぼし、どこ？』

弾けるような声が蘇った瞬間、拓人は思わず「あっ」と声を上げた。

――お祈り……。

『いっくん、「りゅうせいのおか」に行きたい』

維月は祈ろうとしたのではないか。日曜日、予定通り拓人が来てくれるようにと。

拓人はすぐに慶一に電話をした。

「慶一さん、維月くん、もしかしたら『流星の丘』に行ったのかもしれません」

拓人は過去に二度、「流星の丘」で流れ星に祈った。一度は当時つき合っていた恋人のため試合の勝利を祈った。あとの一度は小学一年生の時だ。遊園地に連れていってもらう約束をしていたのに、前夜になって急に母親の出張が決まった。ものすごく楽しみにしていた分ショックが大きく、拓人は家を飛び出し自転車を漕いで流星の丘に向かった。

維月はあの時の自分と同じ気持ちになったのかもしれないと思ったのだ。

しかし慶一は冷静に否定した。

『四歳の子供がひとりで電車に乗ったとは考えられない。第一お金を持っていない』

「誰かの後をついていけば、改札は通れます」

『だとしても何線に乗れば「流星の丘」に行くのか、あの子は知らない』

「それなんですけど」

二週間前、公園の駐車場へ向かっていた時だ。維月が拓人の腕を引いた。

『ねえ、拓人くん、「りゅうせいのおか」って、ちかい？　とおい？』

『そんなに遠くないよ』

『あるいて行ける？』

『歩いては無理かな。でも維月くんの家の近くの駅から赤い電車に乗って「東上杉宮《ひがしかみすぎみや》」っていう駅で降りるんだ』

『でんしゃ……』

幼い子供にとって電車に乗っていく場所はすべて遠い場所なのだろう。維月は少しがっかりした様子だった。先を歩いていた慶一はふたりの話を聞いていなかった。

『わかった。東上杉宮駅に連絡してみる』

慶一はそう言って通話を切った。

数分後、折り返しの連絡があった。どうか見つかりますようにと天にも祈る気持ちでいたが、残念ながら維月は東上杉宮駅にはいなかった。

「一体どこに……」

へたり込むようにスツールに腰を下ろしたが、すぐにまた立ち上がった。慶一は自分の何倍も心配しているのだろうと思うと、居ても立ってもいられなかった。

――やっぱり探しに行こう。

維月がここへ来るつもりだったなら、とっくに来ているはずだ。

幸い客はいない。拓人は大急ぎで店の戸締まりを始めた。扉に『臨時休業』の札を下げた時、カウンターの上の固定電話が鳴った。「03」から始まる見知らぬ番号に、心臓がドクンと跳ねる。拓人は急いで受話器を取った。

「はい、『小暮珈琲』です」

『小暮拓人さんですか』

「はい。そうです」

『ああ、よかった。こちらJR西神原《にしかんばら》駅の事務所なんですが、御影維月くんという男の子を保護していまして』
「維月くん、そこにいるんですか！」
拓人は思わず叫んだ。
維月は「流星の丘」とは正反対の西神原駅の事務所で無事保護されていた。

ガタンガタン、ガタンガタン。

規則的な車両の揺れが、懐かしい記憶を連れてくる。幼い頃、母親の仕事が忙しくなると、この赤い電車で祖父のいる『小暮珈琲』に連れてこられた。少し大きくなるとひとりで切符を買い、母親が迎えにくるまで祖父のもとで過ごした。

「きみのおかげだ。本当にありがとう」

「……いえ」

「店、大丈夫なのか」

「臨時休業にしたので平気です」

「すまないな。迷惑をかけて」

「おれが勝手についてきただけですから。維月くんの顔、早く見たいですし」

慶一は「ありがとう」と、力のない声で呟いた。

横長のシートに並んで座った。維月が西神原駅で保護されているとわかりひとまずホッとしたが、顔を見るまでは安心できないのだろう、ちらりと見上げた慶一の横顔はひどく硬かった。この数時間、それこそ生きた心地がしなかったに違いない。すっかりやつれた表情に胸が痛んだ。

維月の行方がわかるや、拓人は慶一のマンションに駆けつけた。エントランスの前には停車したパトカーの横に、慶一とふたりの警察官の姿があった。

『よかったですね。大事に至らなくて』

『お手を煩わせて申し訳ございませんでした。すべて私の責任です』

『早く迎えに行ってあげてくださいさい、お父さん』

笑顔の警察官に、慶一はひたすら頭を下げていた。

慶一は認めようとしないが、責任の一端は間違いなく拓人にある。維月との約束を反故《ほご》にしたりしなければ、こんなことにはならなかった。

ガタン、と電車が揺れる。肩が軽くぶつかった。

「……すみません」

拓人の囁きに慶一は気づかない。車窓に視線をやったまま微動だにしない。

――マリエさんには連絡したのかな。

浮かんだ思いに胸の奥がチクリとした。こんな時にまでつまらない嫉妬《しっと》をしている自分をひどく恥じた。

——最低だな、おれ。

「……最低だな」

ポツリと慶一が呟いた。心を見透かされたようでギクリとした。

「父親としても男としても、最低だ。俺は」

慶一は激しく自分を責めていた。

「そんなこと……」

即座に否定しようとしてやめた。慶一の瞳に映る西日が、ほんの少し潤んで見えたからだ。

——慶一さん……。

強い人だと思っていた。天から何物も与えられた特別な人間なのだと、隙のひとつもない完全無欠な人間なのだと、どこかで勝手に思い込んでいた。

けれど完璧な人間などいるはずがない。見る者を惹きつける美しい容姿も、ひと皮剝けば赤い血が流れている。身体も心も傷つけば激しい痛みを覚える。慶一だって人間なのだ。

ガタン、とまた電車が揺れる。ほんの一瞬触れ合った肩から慶一の苦しみが伝わってくるようでたまらなくなる。

何か話しかけたい。手を握りたい。元気を出してと言って抱きしめたい。

けれどそんな資格、自分にはない。

——慶一さんを励ますことができるのは、おれじゃない。

何も言えないまま唇を噛みしめていると、慶一がおもむろに振り向いた。

「拓人くん」

「……はい」

おずおずと見上げると、真剣な眼差《まなざ》しが真っ直ぐに拓人を見下ろしていた。

「あのな」

何を言われるんだろう。すぐさま俯いた時、車内にアナウンスが流れた。

「ご乗車ありがとうございました。次は西神原、西神原、お忘れ物のないように——」

慶一は言いかけた言葉を呑み、大きくひとつ深呼吸をすると、「降りよう」と立ち上がった。拓人は無言で頷き、慶一の後ろに続いた。

駅事務所の扉を開けると、維月は奥のソファーに座っていた。泣き腫らしたような目をして、胸にリスのぬいぐるみを抱きかかえている。

「維月！」

慶一の声に、維月は弾かれたように立ち上がる。

「パパ！」

その顔から一瞬にして不安げな表情が消え、安堵の泣き顔に変わっていく。

「パパ！　パパァ！」

「維月！」

慶一が維月の小さな身体を抱き竦める。

「よかった……無事で……本当によかった」

慶一の声が震えている。

「パパ……ごめんっ、なさっ、……いっくん、いっ、いっくんね、ごめっ」

「維月は悪くない。悪いのはパパだ。怒鳴ったりしてごめんな」

「パパァ……」

泣きじゃくる維月を、慶一が力いっぱい抱きしめる。

――よかった……本当に。

ふたりの様子を見つめながら、拓人はそっと涙を拭った。

拓人の予想通り、維月は親子連れの後ろにぴったりとつき、最寄り駅の自動改札をすり抜けていた。もちろん意図したわけではない。単純に、改札というのは大人の後ろについて通るものだと認識していたらしい。

ホームに下り、首尾よく赤い電車を見つけたまではよかったが「流星の丘」へ向かう下りではなく、上りの電車に乗ってしまった。知らない人ばかりで混雑する電車の中で次第に心細くなってきた維月は、リスのぬいぐるみを抱きしめて必死に涙をこらえていた。その様子を不審に思った若い女性が「どこで降りるの？　ひとりなの？」と声をかけ、西神原駅の事務所に連れてきてくれたのだという。

「最初は名前以外、何も答えてくれなくて弱りました」

住所を聞いても「東京」だし。そう言って若い駅員は苦笑した。

「でもいろいろ聞いてくうちに『拓人くんにお電話してください』と」

『拓人くんっていうのは、維月くんのお兄ちゃんなのかな？』

尋ねると維月はふるふると首を横に振った。

『何、拓人くんっていうの？』

『えーっとね、こぐれ』

『小暮拓人くんね。拓人くんは何してる人なの？』

『あのね、拓人くんはおいしいコーシーやさんなの。こうやって、上からね、ちょっとずつお湯を入れるとね、もこもこ～ってなるの。てじなみたいに』

維月は身振り手振りを交えてコーヒーを淹れる様子を語ったという。その間に他の駅員が『小暮』『珈琲』で検索をかけた。すると都内にある喫茶店が一件ヒットした。

『維月くんは、コーヒーが飲めるの？』

『ううん。いっくんは四さいだから、コーシーじゃなくて、とくべつのココアなの。あま～くて、おいし～くて、ここがおひげになるココア』

口の周りをぐるりと指さしながら楽しそうに話していた維月だったが、何かを思い出したように突然涙ぐんで俯いてしまったという。

『じれんしゃにのれたら、ぷりんあらどーも……たべさしてくれるって言ったのに……』

「迷子のアナウンスをかけても一向に反応がないので、警察に連絡をしようと思っていたところでした。小暮さんと連絡が取れてよかったです」

「本当にご迷惑をおかけいたしました」

維月を抱いた慶一が頭を下げる。

「よかったね、維月くん。パパと拓人くんが迎えに来てくれて」

「うん」

「もうひとりで電車に乗ったりしちゃ、ダメだよ」

駅員にくりくりと頭を撫でられ、維月は「はぁい」と照れたように笑った。

ホームまで見送ってくれた駅員に何度も礼を告げ、三人は下りの電車に乗り込んだ。

秋の夕日は気が早い。事務所にいたのはほんの三十分ほどだったのに、車窓には夕暮れが迫っていた。

横長のシートに並んで座る。来た時と違うのは間に維月がいることだ。ふたりが一緒に迎えに来てくれたことが嬉しかったのだろう、笑顔でずっとしゃべり続けている。

「あのね、このリスさんね、たっくんっていう名前にしたの」

「たっくん？」

「ほら見て、おめめとお口が、拓人くんに、にてるでしょ?」

上原の「似ている」は口から出まかせだと思っていた。拓人は「そんなに似てるかなあ」と苦笑した。

「ねえパパ、拓人くんとふたりで、でんしゃのってきたの?」

慶一が「そうだよ」と維月の頰を撫でる。

「かえりは三人だね。いっくんと、パパと、拓人くんと」

ね? 維月が笑顔で振り向く。拓人も「そうだね」と微笑んだ。

維月と慶一。維月と拓人。まるで何もなかったかのように会話が弾む。しかし小さな頭の上を、慶一と拓人の声が飛び交うことはなかった。

維月がよそを向くと、慶一はその顔から笑みを消す。維月を安心させるためだけの笑顔なのだと思ったら息が苦しくなった。維月と無事会えたというのに、慶一の表情は冴《さ》えない。こうして拓人と一緒にいることすら苦痛なのかもしれない。

——だよな……。

そう仕向けたのは、他でもない拓人自身なのだから。

胸がジンジンと痛い。維月が無事見つかったというのに、来る時より何倍も胸が痛い。

「パパ、おなかすいた」

「家に帰ったらすぐに晩ご飯作ってやる」

「いっくん、オムライスがいい」

「了解。ネコさんオムレツにしような」

「う～ん、いっくん今日は、タヌキさんがいいな」

「タヌキ？　それはちょっと難題だな」

「なんだいってなあに？」

「難しいってこと」

慶一はクスッと笑い、維月の小さな頭を胸に抱き寄せた。

電車が駅に停車する。扉が開き、また閉まり、静かに動きだす。

ひとつ駅を通過するたびに別れが近づいてくる。この電車を降り、改札を抜けたら今度こそ本当に「さよなら」の時間だ。

「パパ、次いっくんたちがおりるえき？」

「次の次だ」

「次の次かあ。もうすぐだね」

緊張からようやく解放されたのだろう、維月は安心し切った顔でふああと欠伸をした。

――維月くんとも、もうすぐさよならなんだ。

拓人は傍らの温かく小さな手を、ぎゅっと握った。

「維月くん、今からプリンアラモード食べたくない？」

気づいたら口を突いていた。維月が「え、ほんと？」と破顔する。

「電車を降りたらお店においで。作ってあげる」

「ほんとう？　ほんとうにいいの？」

維月はその瞳を輝かせたが、すぐに思い直したように慶一の方を振り返った。

「パパ……いい？」

慶一は目を閉じ、静かに首を横に振った。

「なんでダメなの？」

幼いながら周囲に迷惑をかけてしまった自覚があるのだろう、維月は悲しそうな顔で控えめに抗議する。

「プリンアラモードは、自転車に乗れたらっていう約束だろ？　ちゃんと練習して、乗れるようになったら作ってもらおう」

柔らかい表情だったが、ダメなものはダメという毅然《きぜん》とした口調だった。

約束は約束。破ってはいけないのだ。拓人は唇を噛み維月の小さな手を放した。

「そうだったね。そういう約束だったね。ごめん」

口元が震えながら歪む。自転車に乗れたら。そう言いながら慶一は明日の話をしない。

明日、公園に拓人を誘うつもりはないのだ。

「余計なこと言って、維月くんを惑わせてすみませんでした」

維月が自転車に乗れる日が来ても、プリンアラモードを作ってやる日は永遠に来ないのだと悟った。

「いや、そうじゃなく……」

慶一は何か言いかけたが、途中で押し黙ってしまった。

電車がホームに滑り込んだ時、維月は慶一の腕の中でぐっすりと眠っていた。改札を出るなり、拓人は「それじゃおれ、ここで失礼します」と一礼した。

「ああ。今日はありがとう。本当に助かった」

「……いえ」

最後くらい笑顔でと思うのに、頬が引き攣って上手く笑えない。少し前までは慶一の顔を思い浮かべるだけで、顔中の筋肉が勝手に緩んだのに。

「維月くんが無事で本当によかったです」

「ああ」

「自転車の練習がんばってと伝えてください」

「……うん」

「じゃあね、維月くん」

小さな頭と、自分と似ているらしいリスの頬を順番に撫でた「バイバイ」と囁いた。できることなら弟にしたいくらい可愛かったけれど、これでお別れだ。

慶一は何か考え込んでいるように、俯いたまま顔を上げる様子はない。

——さよならくらい、言ってくれてもいいのに。

「それじゃ、失礼します」

溢れそうになる涙に気づかれないよう、くるりと背を向けた。

一歩、二歩、三歩。振り向きたい気持ちを必死に抑えながら早足で歩く。まだそこにいる慶一の気配を背中にひりひりと感じた。

——さよなら、慶一さん。

奥歯を噛みしめ、夕暮れの雑踏に紛れる。東出口の階段へと続く角を曲がったところで歩みを緩めた。

——本当にこのまま終わりにするつもりなのか？　それでいいのか？

心の奥から、もうひとりの自分が問いかけてくる。

真実を知るのを怖がって、目を背けて、そのせいで維月を悲しませ、家出までさせてしまったというのに、まだ逃げ続けるのか？　そんなに簡単に手放せる恋なのか？　慶一への気持ちはその程度のものなのか？

拓人はふるふると頭を振る。

「このままなんて……嫌だ」

どんなに辛《つら》くても、恋が砕け散る音をちゃんと聞かないと、一生臆病者のままだ。拓人は勢いよく踵を返した。

——ちゃんと伝えよう。あなたのことが好きでしたって。そしてちゃんと振られよう。

決意を胸に、慶一が利用する西出口へ向かおうと角を曲がったところで、同じように勢いよく角を曲がってきた黒い影と正面衝突しそうになった。

「うわっ」

たたらを踏むと、相手も「おっと」と急ブレーキで止まった。同時に茶色く柔らかい何かがころんと床に転げ落ちた。

「すみません、急いでいて——」

拾い上げようと伸ばした手が止まる。それはさっきまで維月が抱きかかえていた、リスのたっくんだった。

拓人は瞠目《どうもく》したままゆっくりと顔を上げる。黒い影は維月を抱いた慶一だった。

「そんなに急いで、どこへ行くつもりだ？」

息を整えながら慶一が尋ねる。拓人はたっくんを胸に抱き寄せる。

「慶一さんこそ、こっちは東出口ですよ」

「きみを、誘いに来た」

「……え」

「お腹《なか》、減っただろう。オムライスを、食べに来ないかと……」

慶一はいつになく定まらない視線で言い澱《よど》み、「違う。そうじゃないな」と、自分に何かを言い聞かせるように首を振った。

「この期に及んで逃げるのは卑怯《ひきょう》だな」

自嘲するように唇を噛み、慶一は俯けていた視線を上げた。

「心配をかけたうえに急に店を閉めさせて、ひどい迷惑をかけてしまったのに、このうえ引き留めるなんてどうかしていると思う。維月にはあんな厳しいことを言ったくせに、自分はこうしてきみを引き留めているんだから、俺もたいがい身勝手な人間だ」

慶一の表情が苦しげに歪む。

「わかっているんだ。矛盾している。けど、それでもこのままきみを帰すわけには、やっぱりいかない」

そのきっぱりとした口調に、拓人は息を呑む。

「話がしたい。きみの顔を見て、もう一度きちんと話したい」

慶一が一歩一歩、ゆっくりと近づいてくる。

「きみの本当の気持ちを知りたい。そして俺の気持ちも、知ってもらいたいんだ」

「慶一さん……」

「迷惑を承知でお願いする。今からうちに来てくれないか」

それは誘いというより懇願に近かった。無言のまま小さく頷いたら、こらえていた涙がぽろりとひと粒、頬に零れた。

クールでドライな男を装う気力は、もう残っていなかった。たとえ半歩先にさよならが待っているとしても、このままでは一生気持ちの整理がつかない。慶一と維月と過ごした短いけれど幸せいっぱいの日々を、きっと死ぬまで引きずってしまうだろう。

「おれも……このままは、嫌です」

たっくんを抱きしめ、ずずっと洟を啜ると、慶一がふっと笑った。久しぶりに見る柔らかい表情に、またひと粒涙が頬を伝った。慶一は維月を抱いていない方の手で、「行こう」と拓人の背中を押した。


家に着いても、維月はぐっすりと寝入ったまま目を覚まさなかった。

「朝方起きて『お腹空《す》いた』と騒ぐパターンだ。参ったな」

子供部屋から戻ってきた慶一が、ため息交じりに肩を竦めた。

「さすがに疲れたんだろう」

そう言う慶一も、目の下に隈《くま》を作っている。

「大冒険でしたからね」

三人がけソファーの真ん中に座り、拓人は慶一を見上げた。

「ああ。もうひとつ……これにも参った」

慶一は拓人の左前のひとりがけソファーに腰を下ろすと、小さくたたまれた青い折り紙を差し出した。

「維月のポケットから出てきた」

「見ていいんですか？」

慶一が頷く。ゆっくりと折り紙を開くと、そこには拙い文字が並んでいた。

「……ぱぱ……くと……すよ、に……？」

白地にクレヨンで書かれたたどたどしい文字は、おそらくひらがななのだろう。しかし残念ながら判読不能だった。

「『ぱぱとたくとくんが、なかなおりしますように』だ。多分」

「…………」

慶一に叱られて悲しかっただろうに、覚えたてのひらがなで、自分たちの仲直りを折り紙に認《したた》めてくれた維月。ところどころに涙の痕がある折り紙に、胸が潰れそうになった。

「これを持って『流星の丘』に行こうとしたんだろう。たったの四歳なのに、よく咄嗟に思いついたもんだ」

「すごい行動力ですね」

「末恐ろしいよ」

慶一はどこか絵画のようなひらがなを愛おしそうに指で辿った。

「さっき、電車の中で言いかけたことなんだけど」

意を決したように慶一が切り出す。拓人は太腿の上で強く拳を握って俯いた。

「上原くんと、つき合っているのか？」

予想外の質問に、拓人は「え？」と視線を上げた。

「俺の勘違いでなければ、スーパーで出会ってからずっと、きみは俺に好意を……そういう意味での好意を抱いてくれていると思っていた」

「………………」

頬がカッと熱くなる。拓人は上げたばかりの顔を、もう一度俯ける。

「違うかな」

微かに首を振ると、慶一は「それは」と身を乗り出した。

「どっちの意味の『いいえ』だろう」

「違わないです……という意味です」

「そうか。そうだよな。よかった」

慶一はふうっ、と大きく息を吐いた。

「あの夜、きみが上原くんに抱きしめられているのを見て、情けないことに頭に血が上った。ショックだった」

あの夜、慶一のもとにパンフレットをくれた同期社員から連絡があった。慶一はそこで初めて拓人が上原とふたりでイベントに参加したことを知ったのだという。

「すみませんでした。慶一さんに誘っていただいたイベントなのに、他の人と」

「それはいいんだ。そもそも約束をドタキャンしたのは俺だ。きみが誰と行こうと俺には文句を言う権利はない。権利はないがしかし……正直なところ面白くなかった。一緒に行ったのが、上原くんだったことが」

慶一は上原を嫌っているのだろうか。拓人は眉根を寄せる。

「上原くんは俺よりきみのことをよく知っている。まずそれが面白くない。そのうえしばしばきみに贈り物をしている。それも面白くなかった」

「全部出張のお土産ですよ？　シーサーとか八つ橋とか辛子レンコンとか」

「わかってる。誤解しないでほしいんだが、俺は好き嫌いの判断ができるほど彼のことを知らない。きみが頼りにするくらいだから、いい人なんだろうと思う。それでも、どうしても嫉妬してしまうんだ。我ながらみっともないと思うけれど」

慶一は苦悩の表情を浮かべ、頭をガシガシと掻きむしった。

「嫉妬……？」

嫉妬というのは、あの嫉妬のことだろうか。

「ああ。俺は上原くんに嫉妬した」

「上原さんは、いつもおれのこと気にかけてくれる優しい先輩です。尊敬もしています。でもつき合うとか、誓ってそういう関係じゃありません」

慌てて否定すると、硬く厳しかった慶一の表情がみるみるうちに和らいだ。

「本当に？」

「本当です」

「……そうなのか。よかった……うん、よかった」

慶一は心底安堵したように、何度も何度も頷いた。

――ずるいよ、慶一さん。

そんな顔をされたら期待してしまう。まだ望みがあるんじゃないかと思ってしまう。人間は追い込まれるほどに、与えられた情報を自分に都合のいい方へ解釈したがる生き物らしい。今の拓人の耳は、「嫉妬した」を「きみが好きだ」と変換する。

――そんなこと、あるわけないのに。

慶一はひと月後のクリスマスを、マリエと過ごすのだ。わかっているのに希望を捨てきれない自分のふがいなさが嫌になる。

「『行かれなくなった』と電話した時、きみは『全然平気』だと言った。またいつもの強がりだと思った。本心ではきっとがっかりしているんだろうと」

「がっかりしたに決まってるじゃないですか」

思わず大きな声が出た。

「めちゃくちゃ落ち込みました。デートなんて言われて完全に舞い上がって、なのにドタキャンになって……電話切った後、おれ、その場に座り込んでしばらく動けませんでした」

上原から偶然連絡がなければ、朝まで座り込んだままだったかもしれない。

「本当にすまなかったと思っている。急な仕事で」

仕事。そのひと言がぐさりと胸に突き刺さる。

「ひどいですよ、慶一さん」

「申し訳なかったと思っている」

「仕事だなんて嘘ついて……ひどいです」

仕事だというのが事実ならこんな気持ちにはならない。自分には「仕事だ」と嘘をついて、マリエとホテルに行っていた。それが悲しくてたまらなかったのだ。

「……嘘?」

慶一が目を眇めた。

「仕事だなんて嘘ですよね。実はおれ、聞いちゃったんです。マンションの前で慶一さんが金剛寺さんと話しているのを」

強く睨み上げると、眇められていた慶一の瞳が大きく見開かれる。

「拓人くん、金剛寺を知っているのか」

「店に行きました」

「なっ……」

マンションの前での会話に衝撃を受け、気づいたら金剛寺の後を追っていたのだと話すと、慶一は瞠目したまま絶句した。

「おれ、デートをキャンセルされたくらいでへそを曲げるほど子供じゃありません。おれには仕事だって嘘ついて、慶一さんあの日、マリエさんとホテルに行ったんですよね。おれがどれだけ傷ついたかわかりますか？」

「……マリエさん？」

慶一がきょとんと首を傾げる。

「クリスマス、マリエさんと維月くんと三人で過ごす予定なんですよね？」

「ちょ、ちょっと待っ――」

「とぼけないでください。金剛寺さんに聞きましたから」

「待ってくれ拓人くん。きみは何か誤解を」

「おれが何も知らないと思ってるんですか？」

「だからマリエさんって――」

言いかけて、慶一はたった今思い出したかのように「あっ」と口元に手をやった。

「この期に及んで思い出したふりですか？　見損ないました。クリスマスを過ごす恋人がいるのに、おれともあんなことを……」

淫らな囁きや優しい愛撫を思い出し、全身が熱くなる。ついひと月前のことなのに、ずいぶん昔のことのように感じる。

『不安があるなら、ちゃんと本人に確かめた方がいい』

脳裏を過る上原の声を無視し、口は勝手に非難の言葉を紡ぐ。

「わかっています。慶一さんは悪くない。恋人がいるかどうかも聞かないまま、一方的に抱いてくれと迫ったのはおれですから。でも慶一さん、ちゃんと応えてくれて……」

かりそめでも一夜限りでもいい。遊びでもいいとさえ思っていたあの夜。責めを受けるべきは慶一ではなく、欲張りになりすぎてしまった自分だ。頭ではわかっていても、次々と蘇るこのひと月の思い出にいつしか頬を涙が伝っていた。

「おれ、何もかも初めてで、ただ無我夢中でしたけど、それでもすごく気持ちよくて……慶一さんがおれのこと好きになってくれたみたいで、嬉しくて、幸せで……このまま慶一さんと維月くんと、いつまでも一緒にいたいって思うようになっちゃって……」

太腿の上で握った拳に、ぽろぽろと涙が零れ落ちる。

「拓人くん……」

頬を伝う涙を拭おうと伸びてきた長い指を、思わず薙《な》ぎ払った。

「触らないでください！　そうやって誰にでも優しくするから、おれ……」

——勘違いしちゃうんだ。

慶一の優しさが、自分だけに向けられた特別なものなのだと信じたくなる。

証拠を突きつけられて観念したのか、慶一の表情は不思議なほど穏やかだ。口元に微かな笑みを浮かべているようにすら見える。嫉妬したなんて言っておきながら、慶一には笑う余裕があるのだ。悔しくて腹立たしくて、余計に涙が溢れた。

「泣いた顔も可愛いけど」

慶一はティッシュボックスを差し出した。何が「可愛い」だ。この期に及んで勘違いを助長するつもりなのか。拓人はティッシュボックスをバン、とテーブルに叩きつけた。

「童貞の純情を弄《もてあそ》んで、楽しいですか？　スレンダーな美女が好きなんですよね？　サラサラのロングヘアが好きなんでしょ？　口元のセクシーなほくろが好きなんでしょ？　巨乳好きなら巨乳好きだって、最初から言ってくれればよかったのに！」

「きょ……」

慶一が目を剝く。

「おっきいおっぱいが好きなんでしょ？　ふわふわで気持ちいいおっぱいが好きなんでしょ？　だったらなんでおれのこと抱いたりしたんですか！　胸なんか、真っ平なのに！」

拓人は勢いよくソファーから立ち上がった。これ以上ここにいたらもっとみっともないことを叫んでしまいそうだ。

「この一ヶ月、人生で一番楽しかったです。ありがとうございました」

踵を返した拓人を慶一が追ってくる。背後から二の腕を掴まれた。

「待ちなさい」

「放して、くださいっ」

力の限り腕を振り回したが、慶一は放そうとしない。男にしては細めの二の腕に長い指が食い込む。

「痛っ……」

「放してほしいなら、もう一度座りなさい」

冷静な口調が腹立たしい。遊び慣れた男は、別れの時もスマートなのだろう。相手を罵《ののし》ったりしないのだろう。圧倒的な経験の差を見せつけられたようで、情けなさに胸の奥がキリキリした。

「嫌っ、だっ。放せっ」

「きみは案外強情だな」

「嘘つきの卑怯者よりマシです」

「嘘つきの卑怯者はどっちだ」

初めて聞く厳しい声に、思わずビクリと振り返った。肩越しに見上げた慶一の顔は、想像以上に近くにあった。

「自分の言いたいことだけ言って、相手の話は一切聞かずに帰る。それこそ卑怯なんじゃないのか?」

「………」

「おまけにきみの言っていることは矛盾だらけだ。一体どこから突っ込めばいいのか」

二の腕を掴んでいた慶一の指が、はらりと解れた。

と思ったら、今度は背中から抱きしめられた。

「やっ……」

「嫌じゃないはずだ」

拓人はふるふると頭を振る。

「これ以上、傷つきたくないっ」

涙と一緒に本音が零れた。慶一の腕に力が籠もる。

「おれはきみを傷つけたりしない」

「嘘……」

「嘘じゃない。信じてくれないのならこうするまでだ」

「やっ……んっ……」

問答無用で唇を塞がれた。渾身《こんしん》の抵抗を長い腕で封じながら、慶一は拓人の舌を弄んだ。

「ふっ……っ……」

分厚い舌で敏感な口内を刺激され、ビクビクと背中が反る。こんな時なのに感じてしまうなんて、素直すぎる自分の身体が恨めしかった。

「ひとつ、聞いてもいいか？」

慶一が耳元で囁く。耳朶を甘嚙みされ膝を震わせている拓人に、返答の選択肢は事実上なかった。

「マリエさんって、誰だ」

長い間の後、拓人は「は？」と間の抜けた声を上げた。

「真理恵という名前の女性は知っている。しかし彼女は俺の恋人でもなければクリスマスを一緒に過ごす相手でもない。確かにあの日、俺はきみとの約束をドタキャンして彼女と会った。しかしホテルに入ったわけではなく、ホテル街のカフェで会っていただけだ」

慶一は拓人の両肩を摑み、自分の方を向かせた。

「彼女と会っていたのは、嘘偽りなく仕事だ。職務上詳しいことは話せないが……」

ひと月ほど前のことだ。慶一は大切なクライアントからとある依頼を受けた。立場も地位もある彼は、内密のうちに事を処理してほしいと慶一に泣きついてきたのだという。

「その関係者が真理恵という名前だった。金剛寺は俺と彼女がホテル街を歩いているのを偶然見かけたんだろう」

守秘義務のある慶一は『彼女は仕事上の相手』とだけしか説明しかできず、金剛寺の誤解を解くことができなかったのだという。

「拓人くんが俺たちの会話を聞いていたとは、夢にも思わなかった。しかも金剛寺を追って『Monroe』まで行ったなんて。金剛寺も金剛寺だ。連絡をよこすくらいの気を利かせてもいいだろう。そしたらすぐに駆けつけて、あの夜のうちにきみの誤解を解くことができたのに」

慶一は悔しさを滲ませた。

「信じてくれとしか言えないが、俺は嘘つきでも卑怯者でも巨乳好きでもない」

「でも、じゃあ、維月くんが言っていたマリちゃんっていうのは……」

真理恵が慶一の恋人だと勘違いしたそもそもの理由は、公園の維月のひと言だった。

『パパはちょーイケメンだから、ちょーモテモテなんだって。マリちゃんが言ってた』

慶一はくだらないことを笑ったが、あの日から拓人の心の片隅に「未だ見ぬ巨乳のマリちゃん」が住み着いた。

「維月の言うマリちゃんは、真理恵さんのことじゃない」

「もうひとりマリエさんがいるってことですか？」

「マリエさんじゃなく、マリリンだ」

「マリリンさん……外国の方ですか」

慶一の魅力に国境はなかったらしい。それもそうだろうと項垂れると、頭上で慶一がプッと噴き出した。

「生粋の日本人だ。でもって女性でもない。巨乳……は否定しないが」

日本人の男性で名前がマリリン？　そして巨乳？　シルエットがまったく浮かばず、拓人は眉間に皺を寄せる。

「拓人くん、金剛寺の店の名前を覚えているか？」

「ええ、確か……」

——『Monroe』

拓人はハッと顔を上げた。慶一が頷く。

「金剛寺は昔からマリリン・モンローに憧れていた。自分の前世はマリリン・モンローだったと信じて疑わない」

だから店の名を『Monroe』にしたのだという。所狭しと貼られたマリリン・モンローのポスターを思い出した。

「金剛寺は本名で呼ぶと怒る。今あいつを金剛寺と呼ぶのは、俺くらいだ」

そういえば金剛寺自身も確かそんなことを言っていた。

「金剛寺の源氏名は『マリリン』という」

拓人はひゅっと息を呑む。

「そ、それじゃ、維月くんの言う『マリちゃん』っていうのは」

「金剛寺のことだ。維月はあいつを『マリちゃん』と呼んでいる。というか呼ばされている。『いっくんのママに』と最初にスカウトされた同級生というのは、金剛寺のことだ」

維月が金剛寺と会ったのはおよそ一年前、三歳になったばかりの頃だったという。熊のような巨漢の何が琴線に触れたのかは不明だが、維月は初めて会った金剛寺にスカウトを試みた。

「俺が金剛寺に気持ちを許しているのが、維月にはわかったのかもしれないな。子供の勘というのは侮れない」

慶一がふっと柔らかく笑う。

「さて、他に何か質問は？」

拓人は「ありません」と呟き深く項垂れた。

スレンダー美女の真理恵さんは、慶一のクライアントの関係者だった。慶一はクライアントの依頼で彼女と会っていただけ。維月の言うマリちゃんは、マリリンの源氏名を持つ金剛寺のことだった。

種明かしされてしまえばなんのことはない。頭の中でこんがらがって解けなくなっていた糸を、慶一は魔法のようにはらりと解いてくれた。

「なんかおれ、いろいろ勝手に誤解して……すみませんでした」

「まったくだ。これでもきみに対してはかなりストレートに好意を示してきたつもりだった。それなのにデートをドタキャンして他の人とホテルに行くような最低男だと思われていたなんて」

「本当にすみませんでした」

心臓がきゅっと縮こまる。

「しかもつき合っている女性がいるのに、きみとも関係を持ったと？　二股とかありえないだろ。正直かなり凹《へこ》んでいる」

「……ごめんなさい」

心臓も身体も縮めて謝る拓人の左頬に、慶一の手のひらが添えられる。

「この一週間、俺のテンションは人生で最低だった。落ち込みすぎて、不安で、イライラして、とうとう維月にまで八つ当たりしてしまった」

ため息交じりに打ち明ける慶一をそっと見上げた。

いつも知的な輝きを放っているふたつの瞳が、今夜は熱を孕《はら》んだように潤んでいる。

――あの夜と同じ色だ。

心臓がドクンと鳴った。

「維月が見つかって、身体中の力が抜けるほどホッとした。けど心は沈んだままだった」

指先が、産毛の先を確かめるように蠢《うごめ》く。火照った頬を、耳朶を、唇を、愛おしげに撫でられ、背中がぞわりとした。

「最近はパパ業に専念しているが、昔はそれなりに恋もした――と、思っていた」

長い指が頤《おとがい》にかかる。ゆっくりと上向かされた。

「きみに出会ってわかったことがある。若い頃のあれは、恋に似ていたけれど恋ではなかった。本気で人を好きになるとどうなってしまうのか、俺はきみに出会って初めて知った。だからこれが俺の……恥ずかしながら、初恋だ」

「初恋……」

――おれが、慶一さんの初恋の相手……。

声も出なかった。目の前が頼りなげに揺れる。

「気味悪いよな。三十四にもなって初恋だなんて」

「……そんな」

「頼むから引かないでくれ」

拓人は「まさか」と首を振る。

引くわけがない。ただあまりの幸せを受け止め切れていないだけだ。

「きみが好きだ」

澱みのない声が、真っ直ぐ胸に響いた。

「きみが上原くんとつき合っているのなら、俺の出る幕はないと思っていた。きみの幸せを願うのなら、事を荒立てず身を引くのが大人の男というものだろうと。何度も自分に言い聞かせようとしたけど……ダメだった。さっき駅できみの背中が見えなくなった瞬間、足が勝手に前へ出ていた。このままさよならなんて、とてもできないと思った」

誠実なひと言ひと言が乾き切っていた拓人の心を潤す。沁み入ってくる幸せは涙となって、瞳から溢れた。

「きみの本心を知りたかった。ものすごく。けど同じくらい知るのが怖かった」

「おれもそうでした」

「きみが誰かとつき合っていても、誰を好きでも、きみへの思いは消せない。変えられない。そうわかったんだ。大人げなくて驚いたろ?」

慶一が自嘲の笑みを浮かべる。ふるふると首を振ると、涙がまたひと粒頬を伝った。

「おれも……同じです」

真理恵という女性の存在を知っても、慶一を諦めることはできなかった。

「きみは俺から大人げと余裕を奪った」

恨みがましく囁く唇は、ほんの数センチ先にある。

「おれも、好きです。慶一さんが……好き」

目を閉じた瞬間、唇が重なった。

「……んっ……っ……」

数分前の荒っぽいキスとは違い、優しさを見せつけるような柔らかいキスだった。

「……っ……ふっ……ん……」

歯列を割り、厚い舌が侵入してくる。敏感な上顎をぬるりと舐められると、身体の芯から力が抜けてしまう。立っていられなくなりそうで、慶一のシャツの袖をきゅっと握った。

「拓人……」

初めて呼び捨てにされた。些細《ささい》なことなのに、喜びで一層体温が上がる。

大きな手のひらが、肩を、背中を、腰を、ゆっくりと擦る。腕の中に確かに拓人がいると、確かめているように。

「……好きだ」

囁きに頷く間もなく、ぎゅうっと力いっぱい抱きしめられた。慶一の思いの深さが伝わってきて、またひと粒、涙が零れた。

初めて自分から人を好きになった。その人が自分を好きだと言ってくれた。

世界中のどこにでも転がっている、珍しくもなんともない話だ。けれど慶一と思いを通じ合わせることができたこの瞬間は、拓人にとって生まれて初めて訪れた奇跡だった。

「おいで」

耳朶を甘嚙みしながら、慶一が湿った声で囁く。キスに没頭していた拓人は、瞬時にその意味を理解することができず「へ？」と間抜けな声を上げた。

「ここは一応、きみの意思を確認した方がいいのかな？」

慶一が苦笑交じりに嘆息する。

「クールでドライで遊び慣れている、だっけ？　後腐れないタイプなんだよな、確か」

そこまで言われて、ようやくベッドに誘われているのだと気づいた。

「俺は今夜きみを帰すつもりはないんだけど、異存は？」

「……ありません」

「まあ、あると言われても聞き入れるつもりは毛頭ないけどな」

そう言って慶一は、真っ赤に火照った拓人の頬にキスをした。


一緒にシャワーを浴びようという誘いを全力で拒否した。あの引きしまった慶一の裸体を明るいシャワールームで目にしたら、絶対に鼻血を出してしまう。

——どっちみちもうすぐ目にすることになるんだけど。

今朝目が覚めた時、数時間後にこんな展開が待っているとは想像もしていなかった。悲しいくらい心の準備ができていない。

「そういえば身体の方の準備も……」

全身にくまなく泡を塗《まぶ》しながら、はたと気づく。前回はそれを理由にして逃げたけれど、拓人に準備の経験などあるはずもない。

「ほんと急すぎるんだよ、いろいろ」

半日前まで地獄の三丁目をうろついていたのだ。いきなり天国に引き上げられて、とてもじゃないが気持ちがついていかない。身体はもっと追いつかない。

「どうすればいいんだろう……とりあえず解せばいいのかな」

ひとりごちながら腰を屈《かが》め、おそるおそる小さな孔に指で触れてみた。窄《すぼ》まりは硬く閉ざされていて、指先ですら侵入は難しそうだ。

「こんなところに、ほんとに入るのかな」

慶一の大きさを知っているだけに、不安が膨らむ。

いきなりあれを挿入されたら間違いなく流血する。泣いたり喚《わめ》いたりして逃げ出したりしたら、慶一を興ざめさせてしまう。

「せめて入り口だけでも」

窄まりが、ぷつりと指先を飲み込む。猛烈な違和感に、拓人はぎゅっと目を閉じた。

そのまま三十分近く格闘したが、結局入り口すらろくに解せないまま浴室を出た。

「お待たせしました」

寝室のドアを開けると、先にシャワーを浴びた慶一がベッドの縁《へり》に座っていた。照明は極限まで落とされていたが、腰にバスタオルを巻いただけの上半身が薄暗がりに浮かび上がり、かえって淫猥さを増していた。

「待ち切れなくて迎えに行こうと思っていたところだ」

「……すみません」

「おいで」

手を引かれ、慶一の正面に立たされた。薄い皮膚を、慶一の視線がじっくりと舐める。まだ触れられてもいないのに、全身がざわりと総毛だった。

「きみと、もう一度こうしたいと思っていた」

慶一はそう囁き、拓人の腰からバスタオルを外した。

「あっ……」

微かに兆した中心が露わになる。羞恥《しゅうち》が身体を駆け抜けた。

「や……」

隠そうとする手を慶一が阻止する。そのくせ「まだ触ってもいないのに」とからかうように笑うのだから意地が悪い。

「ずっときみに触れたかった。こんなふうに」

胸から腹に、一本筋を描くように指でなぞられ「あっ……」と声が出た。

「そんなに可愛い声を出すと、優しくできなくなる」

吐息に混ぜて囁く言葉が、身体の奥に火を灯す。

「慶一さん……」

慶一の肩に両手を載せると、質のいい筋肉が手のひらに吸いついた。

「拓人……」

慶一の腕が、細い腰に回される。

へそのあたりをちゅっと吸われ、身体がビクンと戦慄いた。

「あ……」

遊ぶようにへその周りに落とされていた唇が、次第に下腹へ向かう。

「やっ……」

拓人は思わず慶一の肩を摑んだ。

キスが、舌の愛撫へと変わっていく。下腹でぬるぬると蠢く舌と唇に、拓人はたまらず身を反らせた。

「や……あっ、……ん」

身体の中心に血が集まっていくのがわかる。恥ずかしくて逃げようとしても、腰に巻きついた慶一の腕がそれを許さない。

「け、慶一さんっ」

泣きそうな声で呼んでも、慶一は顔を上げない。

ついには拓人の先端に、ぬるりと舌先を這わせた。

「ああっ……あっ、やっ……」

足の力が抜けてカクリと膝が折れた。前屈みになった身体を慶一が抱き留める。

「立っていられなくなった？」

頷くのがやっとの拓人を、慶一はそっとベッドに横たえた。

「もうこんなに濡れている」

仰臥《ぎょうが》した拓人を見下ろし、慶一が囁く。慶一の視線を追った拓人は思わず息を呑んだ。

ほっそりとした性器がピンクに染まっている。先端の小さな孔からはたらたらと透明な体液が垂れ幹を濡らしていた。毎朝毎晩見ているはずなのに、自分の身体じゃないように思える。あまりに卑猥な変化を遂げたそこに、くらりと目眩を覚えた。

薄い下生えに慶一の吐息がかかる。何をされるか想像しただけで身体中がぞくぞくした。

濡れた中心が慶一の手のひらに包まれる。優しく握り込まれ上下に扱かれた。

「あっ……ぁ……」

「可愛いな、きみは。どこもかしこも可愛い」

慶一は甘く囁きながら裏筋に舌を這わせる。ちろちろと悪戯《いたずら》をするように舌先で擽《くすぐ》られ、根元からゆっくりと舐め上げられ、拓人は思わずシーツを握りしめた。

「やっ……あぁ……んっ」

自分の喉から出ているとは思えない甘ったるい声。拓人は思わず右手の甲を唇に押し当てた。

「何をしているんだ」

「だって、声が……維月くんが、起きちゃう」

「大丈夫だ。維月は一度眠ったら、雷が鳴っても目を覚まさない。あいつのことは気にしないで、可愛い声を聞かせてくれ」

「可愛くなんかっ……あぁ、あっ……」

「声に出してくれないと、きみの気持ちいいところがわからない」

「う、嘘ばっかり」

「え？」

「わかってる、くせにっ」

さっきから感じていた。慶一が愛撫を施す場所はどれも拓人の弱い場所ばかりだ。

慶一が触れた場所から次々と快感が生まれる。触れられた瞬間に拓人の身体が変わってしまうのかもしれない。

「このままだと、全身性感帯になりそうです」

真面目に困惑を訴えたのに、慶一は目を眇めながら顔を上げた。

「俺を試しているのか？」

「……え？」

「あまり煽るな。これでも結構我慢しているんだから」

何を我慢しているのかと尋ねる前に、慶一は拓人の熱を先端から口内に含んだ。

「やぁ……あぁ……んっ」

一番敏感な先端を舌先でぬるぬると刺激される。今までとは比較にならない強烈な快感に、たまらず両手で慶一の髪を摑んだ。

「ダ、ダメッ……ああ、ん……」

激しい羞恥と快感が一時に襲ってくる。慶一の舌が幹に絡まるたび全身が粟立《あわだ》つ。

「や、やだぁ……もう」

このまま続けられたらいくらも持たない。限界が近いことをどう伝えればいいのかわからず、拓人は半べそで首を振った。

「すごいな、どんどん溢れてくる」

「も、もう、ダメ」

涙声の訴えが聞こえないのか、慶一は窄めた唇で幹を扱く。ぬちゅぬちゅという卑猥な水音が、耳から拓人を追い立てる。

「あぁ……も、で、ちゃっ……」

「イッていいぞ」

そう言って慶一は愛撫を深める。

「あぁ……あっ、もっ……」

押し寄せてくる射精感に内腿がぶるぶると戦慄く。

先端の割れ目に熱い舌先がぐりっとねじ込まれた瞬間、拓人は決壊した。

「あぁ――っ！」

ドク、ドク、ドク。鼓動に合わせるように白濁が迸《ほとばし》る。

「ぁ……ん……っ……」

永遠に終わらないのではないかと思うほど、吐精は長く続いた。

「たくさん出たな」

慶一が口元を拭う気配に、拓人は閉じていた目を開けた。

「の、飲んだんですか」

「恋人の特権だ」

さらりと言ってのける慶一の瞳には、得も言われぬ色香が漂っている。

――恋人……。

そうだ。自分たちは恋人同士なのだ。このひと月、繰り返し空想してはニヤニヤしていた、あんなエッチなことやこんないやらしいことも、すべて現実になるのだ。

――そうだ、準備が。

唐突に大切なことを思い出した。射精の余韻が去らない中、拓人はよろりと身を起こす。

「あの、慶一さん」

「ん？　どうした」

「前回の際は、その……」

「前回？　ああ、きみから誘ってくれた時のことか」

あらためて言葉にされると恥ずかしい。拓人は俯きがちに小さく頷いた。

「前回、その……すま」

「すま？」

「素股、でしたよね」

耳まで赤くしながらシーツに「の」の字を書くと、慶一がごくりと喉を鳴らした。

「きみが言うと、なんだか可愛い果物の名前みたいに聞こえるな」

「からかわないでください」

「からかってなんかいないぞ？　ぞくぞくする。もう一度言ってくれないか」

「二度と言いません」

意地悪を言う慶一を、小さく睨み上げる。

「その、つまり、あの時は最後までしなかったわけで」

「そうだったな」

「けど今夜は……」

首筋まで赤くする拓人に、慶一がふっと笑った。

「心配するな。無理にはしない」

「……え?」

「拓人が嫌なら、無理矢理するつもりはない」

拓人は俯けていた顔を勢いよく上げた。

「そ、そうなんですか?」

「無理矢理されたいのか」

「そうじゃありません。ありませんが……」

拓人は口ごもる。

今夜は最後までする。その一択だったなんて恥ずかしくて言えない。

「逆に聞くが……いいのか、最後までしても」

「もちろんっ、です」

声を上擦らせてコクコク頷くと、慶一の目元が優しく緩んだ。

「ただ、ですね」

「……ただ?」

こういうことは最初から正直に告げた方がいい。土壇場になって泣き喚くよりはみっともなくない。多分。

「実は準備が上手くできなくて」

「……準備？」

慶一が訝《いぶか》るように眉根を寄せた。

「なんの準備だ」

「なんのって……」

ベッドの上で裸で向かい合うに当たって、他になんの準備があるというのだろう。

「さっきお風呂で、一応入り口だけは、その……しておいたんですけど」

もごもごと打ち明けると、慶一の眉間に見たこともないような深い皺が寄った。

「自分で後ろを解したってことか」

「はい。でもあんまり上手にできなくて。ローションもなかったし」

痛くて第一関節までしか挿れることができなかったのだと打ち明けると、慶一は目と口を同時に見開いた。

「それでシャワーにあんなに時間がかかったのか」

「すみません」

「いつもはローションで解しているのか？」

「え？」

「今、ローションがなかったから上手くいかなかったって」

「あっ……」

拓人は慌てた。ローションというものの存在は知っている。ただ知識として持っているだけで実際には見たことも触ったこともない。もちろん使ったことなどあるわけがない。遊び慣れているなんて真っ赤な嘘で、本当はキスすらしたことがありませんでしたと、正直に打ち明けてしまった方が楽なんじゃないだろうか。そんな思いが脳裏を過る。

けれど二十六歳にもなって童貞&未経験なんて〝キング・オブ重い男〟だ。毎日校門で待つより、試合のたびにこっそり応援に行くより、ずっとずっと重い。慶一はたちまち興ざめし、背を向けて去っていくかもしれない。

――でも……。

けれどこれから先ずっと演じ続けることができるだろうか。自分を偽り続けることができるだろうか。拓人は激しく逡巡する。

「ローションならここにある」

シーツの皺を睨みつけてぐるぐる考え込んでいると、慶一がおもむろにベッドサイドテーブルの引き出しを開け、小さな瓶を取り出した。初めて目にするそれに心臓がドクンと跳ねた。

「じょ、常備されているんですか」

「まさか。この間きみが泊まった後に買ったんだ。また機会があればいいなという希望的観測の元にね。きみは？」

「え？」

「常備しているんだろ？　後腐れなく遊ぶ男にとって、ローションは必需品だもんな」

「あ……」

「それともいつも相手任せなのかな？」

「えっと……」

ローションを手に慶一がにじり寄ってくる。拓人はじりじりと壁際に追い詰められた。

「遊び人のきみに、ひとつリクエストがある」

「な、なんでしょう」

「自分で解してみせてくれないか」

「…………え」

一瞬、何を言われているのかわからなかった。

——自分で、解す、あそこを、慶一の前で……。

時間差で理解したリクエストの内容に、全身の毛孔がぶわりと開いた。

「む、無理です！」

「どうして」

「ど、どうしても、ですっ」

「シャワールームで上手に解せなかったんだろ？　見ててやるからここで解しなさい」

ほら、とローションを押しつけられた。慶一の口元には不敵な笑みが浮かんでいる。

「…………」

唇を噛み、拓人は項垂れた。

ここで断ったら、今まで必死に頑張ってクールでドライな遊び人を演じてきた意味がなくなってしまう。拓人はふうっと大きく息を吐き、腹を括った。

「わかりました」

一瞬、慶一の眉がぴくりと動いた。拓人は震える手で瓶を開け、右手の指先にローションを垂らした。適量がわからないので、とりあえずべったりと塗《まぶ》した。

「うつ伏せになって、俺の方に尻を向けなさい」

「…………」

言われるままのポーズを取ると、恥ずかしい場所がすべて慶一の前に晒《さら》される。激しい羞恥に身体中がカアッと熱くなった。

「もっと高く尻を上げて……そう、よく見える」

「…………」

自分では確認できない場所にある小さな孔を、指先で探り当てる。さっきと同じように硬く窄まったそこに、ローションで滑った指先をつぷりと押し込んだ。

「っ……」

ローションのおかげだろう、さっきと違って痛みはない。

「もっと奥まで挿れて」

拓人は唇を嚙みしめ、ほんの少しだけ指を奥へと進める。

「それじゃ全然解せないだろ。もっと深く挿れないと」

「そんなこと言われても……」

拓人はぎゅっと目を閉じた。手が震え、眦に涙が滲む。

「痛いならローションを足してやろう」

慶一は瓶を手に取ると、拓人の尾てい骨のあたりにトロトロとローションを垂らした。

「あ……っ……」

ローションが双丘のあわいを伝う感触に、腰がひくりと戦慄いた。同時に窄まりが挿入した指をきゅっと締めつける。

──うわ、感じちゃってる……おれ。

大好きな人の前で後ろの孔に指を突っ込んでいる。とてもじゃないけれど受け止められない状況なのに、一度萎えたはずの中心がまた首を擡《もた》げている。追いついていかない気持ちとは裏腹に、身体は勝手に興奮を覚え始めていた。

「勃起してきたな」

冷静な指摘が、またぞろ拓人の劣情を刺激する。

「いやらしいな、拓人」

「やっ……」

『全部見たい。一番恥ずかしいところも』

あの夜と同じ声で囁かれ、勃起の先からまたトロトロと卑猥な体液が零れ出した。

拓人の身体は明らかに慶一の声に反応していた。浅い場所で指を動かしてみても、異物感が強まるばかりだ。拓人を今興奮させているのはアナルへの自慰行為ではなく、慶一の卑猥な囁きだった。

「どうした。もっと奥を解しなさい」

拓人はふるふると頭を振った。

「いつもしているみたいにやればいいんだ」

「で……できません」

「どうして」

ぎゅうっと強く目を閉じると、とうとう眦から涙が零れ落ちた。

――もう、無理。

「初めて……なんです」

呟いて、指を抜いた。

「おれ、実は今までいろいろと、経歴詐称というか、その……だから、ローションなんて見るのも初めてで……」

拓人は枕《まくら》に額を押し当てたまま、消え入りそうな声で告白した。

「後ろは、他人どころか自分でも触ったこと、ありませんでした」

――ああ……これで終わりだ。

慶一は去っていく。始まったばかりの恋が終わってしまう。

のろりと身体を起こすと、絶望に目の前が暗くなった。

「おれ、重いんです」

「……重い？」

「いつも周りが見えなくなって、自分の気持ち押しつけちゃうみたいで『重い』とか『うざい』とか『マジドン引き』とか言われて必ず振られて……」

高二の夏、生徒会の副会長から告白された。人気者の彼が自分のような日陰者に目を向けてくれたことが嬉しくて、毎日校門で彼を待った。『重い』と振られた。高三の春、サッカー部のキャプテンに告白された。失敗を繰り返さないように気をつけたつもりだったのに、今度は『うざい』と振られた。

「なるほど、そんなことが」

真剣な面持ちで白状したのに、慶一の声はどこか楽しげだ。

「すみません。今まで騙していて」

涙声で謝ると、慶一は一瞬ぽかんと口を開き、すぐに小さく噴き出した。

「ああ、すまない。きみの辛い思い出を笑ったわけじゃないんだ」

謝罪しながら、慶一は腹筋を震わす。

「きみは、本気で俺を騙せていると思っていたのか？」

「……え？」

「クールでドライで遊び慣れていて、後腐れのないタイプ……。出会った日からきみは、なぜだかそういうふうに振る舞おうとしていた。けど」

慶一は笑いをこらえようと口元に拳を当てた。

「たとえばだ。町に一軒のカレー屋さんがあったとする。外壁は黄色。店名はヒンディー語。店の周囲にはいつもスパイシーな香りが漂っている。ところがどこから見てもインド人の店主が『うちは寿司屋だ』と言い張る」

突然なんの話が始まったのか。拓人はポカンと首を傾げる。

「それと同じ違和感を、俺はきみに対して覚えていた」

「すみません。ちょっと意味がわかりません」

「バレバレだったってことだよ。どんなに懸命に装っても、人柄というのはどこかで出てしまうものだ。俺に美味しいコーヒーを飲ませたくて、ミルとドリッパーを取りにダッシュで帰るきみはちっともクールじゃなかったけど、俺はとても好感を覚えた。あまり乗り気じゃなさそうだったのにちゃんとシャツを新調してきたりして」

「き、気づいていたんですか」

「うん。タグがついていたからね」

「うそ……」

恥ずかしさで死にたくなった。

「初めての夜、物慣れない態度で必死に縋《すが》ってくるきみは壮絶にエロ可愛くて……クラクラした」

「そ、そうだったんですか……」

「あまりにも一生懸命クールを装っているから、何か理由があるんだろうと黙っていたんだが、今やっとその理由がわかった。心の傷がそうさせていたんだな」

「傷とか、そんな大げさなものじゃないですけど」

振られた日の夕焼けも、いつもより少しだけしょっぱかった晩ご飯も、今となっては思い出の一ページだ。

「おれ、慶一さんにだけは嫌われたくなかったから……」

初めて自分から好きになった人だから。慶一と同じように、拓人にとってもこの恋は正真正銘の初恋なのだ。この恋だけは失いたくなかった。その思いが強すぎて、結局これまでにないほど必死になってしまった。

「なあ拓人。恋って、往々にして重いものだと思わないか？」

「……え」

「真剣に誰かを好きになる。その人のことしか考えられなくなる。時としてストーカーギリギリの心理状態になったり……少なくとも俺がきみに対して抱いている思いは、軽くはない。特に俺には維月がいるからな。軽々しく『好きだ』と口にすることはできない」

「おれは維月くんのこと大好きです。スカウト、気まぐれでもすごく嬉しかったです」

慶一は「ありがとう」と優しく微笑んだ。

「案外気まぐれとも言えないぞ？　子供は本能で生きているからな。時々ぎょっとするほど核心を突いてくることがある。きみをスカウトした維月の目は、結果として正しかった」

維月が本能で自分を選んでくれたのだとしたら、これ以上の喜びはない。

「きみが上原くんとつき合っているかもしれないと思ったら、不安でたまらなくなって夜道を店まで走った。きみに冷たくあしらわれて、維月に八つ当たりをした。きみが絡むと俺は呆気なく冷静さを失う。今の俺は、俺史上最悪にうざい」

「そんな……」

「騙されたふりをしていて悪かった。でもクールに振る舞おうとして全然できていないきみが、可愛くて仕方がなかったんだ。俺のことが好きすぎて必死なきみが、愛おしくてたまらなかった」

そう言って慶一は、拓人の額にちゅっと小さなキスを落とした。

「自分で解せなんて、意地悪を言って悪かった」

囁きながら、慶一は拓人をゆっくりシーツに横たえた。

「慣れない手つきで解すところ、もっと見たいけど」

「意地悪言って悪かったって、今言いましたよね」

「冗談だよ。この先は、俺がこの手でしたい」

慶一はそう言って拓人の身体をその腕に抱いた。

肩を背中を腰を優しく擦る手が、徐々に尻まで下がってくる。双丘をやわやわと揉《も》みしだかれ、拓人は小さく息を上げた。

——ああ、気持ちいい……。

幼子をあやすような愛撫に身を任せていると、慶一の指が突然進路を変更した。

「あっ……やっ」

節だった長い指が、狭い窄まりに入り込んでくる。いつの間にローションを纏《まと》わせたのだろう、ぬるりとした感触に拓人は息を詰めた。

「……っ……」

「息を止めるな。痛いことはしないから安心しなさい」

自分のものとは形も長さもまったく違う大人の男の指だ。闇雲にちょこちょこと指を動かしていただけの拓人とは違い、慶一の動きはゆっくりと、しかし確実に内壁を刺激した。

「あ……ぁぁ……」

慶一の指が動くたび、喉奥から甘い声が漏れる。

「痛いか？」

低く問われ、拓人はふるんと首を振った。痛みはまったくない。それどころか指が奥へ進むにつれ息が弾み、下腹の奥の方が蕩けるようにだるくなってくる。

長い指がぐうっと内壁を抉《えぐ》るたび体温が上がり、全身が薄桃色に染まっていく。

「はっ……ぁ、くっ……」

「大丈夫か」

「だいじょ、ぶ……です……」

「痛くないな？」

「……はい」

頷くと、奥の圧迫感がぐんと増した。

「あぁ……あっ、んっ……」

「二本、入った」

指を増やされたとわかり、また息が上がった。先端からとろとろと体液が溢れているのがわかる。拓人はいやいやをするように慶一の胸元に額を擦りつけた。

中を掻き回す指が三本に増やされる頃には、拓人の中心は下腹につくほどまでに硬く勃ち上がっていた。

「だいぶ柔らかくなってきた」

耳朶を甘嚙みしながら、慶一が湿った声で囁く。

――これ以上されたら、変になる。

「け、いちさっ……も、もう……」

涙声で訴えると、応えるように内壁を抉っていた指の束が引き抜かれた。

「ひっ……ぁ……」

ずるりと抜けていく指の感触に腰を震わせていると、すぐに慶一の熱が押し当てられた。

窄まりを押し開いて入ってくる慶一は、指とは比べ物にならないほど大きく熱かった。

「いっ……あぁ……」

とてつもない圧迫感に、思わず慶一の背中に爪《つめ》を立てた。

「痛いか?」

「……たく、ないっ……です」

時間をかけて丁寧に解されたせいか、想像していたほどの激しい痛みはなかった。

「一番辛い部分は入ったぞ。よく頑張ったな」

ご褒美のようなキスが額に落とされる。嬉しくてじわりと涙が滲んだ。

「もう少し……奥まで――っ」

腰を動かしながら、慶一がほんの少し息を詰める。どこか苦しげに眉根を寄せるその表情からは、普段見慣れた大人の余裕が消えていた。

「ひっ……あぁっ……あんっ」

じりじりと、じらすように慶一が奥へと進むたび、拓人の喉元からは甘ったるい嬌声《きょうせい》が漏れた。女の子じゃあるまいしと恥ずかしくなるが、止めることはできなかった。

「やぁぁ……あっ――んんっ……」

「煽るなと言っているのに」

慶一は短く嘆息すると、拓人の唇を乱暴に塞いだ。

――煽ってなんか、いません。

文句ごと舌で掻き回され、頭の芯がぼーっとなった。

スーツの似合う弁護士。そのルックスは清潔で知的で、怜悧《れいり》なまでに整っている。維月の前では優しい父親の顔になるが、それでも決して理性を手放さない。

けれど今夜の慶一は違う。

「拓人……」

低く呼ぶ声は掠《かす》れ、その瞳の奥には野性の動物を思わせる獰猛《どうもう》な光があった。

——これが、慶一さん……。

慶一にこんな顔をさせているのは自分なんだと思ったら、身体中の血が喜びに沸き立つ気がした。

「一番奥まで入ったぞ」

「……ほんと、ですか」

「動いても大丈夫か」

「……はい」

「手加減するつもりだったけど、ちょっと難しいかもしれない」

「えっ、あっ——ひぁっ！」

ずんっ、と深いところまで突き上げられ、悲鳴に似た声が上がった。

「可愛すぎるんだ、拓人が」

「なっ……あっ、ああ……っ」

強く突いたと思ったら、今度はゆっくりと腰を回し柔らかい内壁を抉る。緩急をつけて搔き回され、そこはぐずぐずに蕩けてしまいそうだった。

「もう……溶けそう」

「……ん？」

「中……熱い……慶一さんで、いっぱい」

うわ言のように告げると、慶一がチッと小さく舌打ちをした。

「知らないからな」

「……え」

「本当にきみは……」

タチが悪い。呟いて、慶一は動きを再開した。

「あっ、ああっ、ひっ、あっ」

硬く猛《たけ》った灼熱《しやくねつ》で深くまで穿《うが》ちながら、慶一は拓人の濡れた中心を握る。

「ああっ、あっ……やぁ、んっ」

拓人は激しく首を振った。二ヶ所同時に責められて、喘ぎ声に涙が混じる。

「やぁぁ……」

「嫌じゃなくて、気持ちいいだろ？」

尋ねる慶一の声が卑猥に掠れる。

「いい……気持ち、いい……すごく」

素直に答えると、慶一の腰の動きが速まった。

「拓人……」

はぁはぁと呼吸を乱し、慶一が腰を打ちつける。

「可愛いよ、拓人……きみが好きだ」

「おれ、も、あっ……ひっ、あっ、ん」

好きだと告げたいのに、もうまともな言葉は紡げそうにない。

「あぁ……っ、やっ、ああっ」

慶一の汗ばんだ身体に縋りつき、拓人は高まっていく。

「イ、イ……くっ、あっ……ああっ！」

——溶ける。

そう感じた瞬間、拓人は激しく爆ぜた。

「……っ……んっ……」

身体を突っ張らせてドクドクと吐精する拓人の上で、慶一は「くっ」と低く唸《うな》りその動きを止めた。

——慶一さんもイッたんだ……。

のしかかっている身体の重みがずんと増す。伝わってくる鼓動は早鐘のように速く、自分のそれと呼応しているようだった。

「拓人……愛してる」

掠れた声が耳元で囁く。とてつもない幸せが全身を包む。

——おれも愛しています。

目蓋が重い。唇が動かない。

幸せな眠気の波に襲われ、拓人はひと時意識を手放した。


「うわあ、ほんものの、ぷりんあらどーもだ……」

テーブルに置かれたプリンアラモードを覗き込み、維月がうっとりと呟いた。

「自転車、ひとりで乗れるようになっておめでとう。約束のプリンアラモード、どうぞ召し上がれ」

衝撃の家出事件から二週間後の日曜、維月はついに補助輪なしの自転車に乗れるようになった。本人たっての希望で、公園から『小暮珈琲』に直行したのだ。

慶一の話では時々夢にまで見ていたらしい。憧れのプリンアラモードとようやく対面した維月は、どこか神妙な面持ちで器の中央に鎮座するプリンをそっと掬《すく》った。

「いただきます……ん～～っ、おいひい！」

たちまちひまわりのような笑顔を弾けさせた維月に、つられて拓人も破顔する。

「ありがとう」

「あま～くてね、やわらかくてね、ちょーおいしい！　パパもひと口どうぞ」

「俺はいい――んんっ」

断ろうとする傍からスプーンを口に突っ込まれ、慶一は目を白黒させた。笑いをこらえながら「どうですか？」と尋ねると、慶一は苦笑交じりに頷いた。

「たまには甘いものも美味いな」

「拓人くんのぷりんあらどーもは、せかいいちおいしい」

「維月くん、他のお店でプリンアラモードを食べたことあるの？」

「ないけどわかるもんっ。拓人くんのぷりんあらどーもは、せかいいちおいしいんだよ」

口の周りに生クリームをつけ、幸せそうにプリンを頬張る維月に、拓人は慶一と目を合わせて微笑み合う。

「あ～もうっ、プリンアラモードよりあんたたちの方が甘ったるいわ。胸やけしそう」

なぜか隣の席を陣取っている熊、もといマリちゃん、もとい金剛寺が鼻の頭に盛大な皺を寄せた。彼が手にするとブレンド用のコーヒーカップがデミタスカップに見える。

「嫌なら帰れ。ていうかなんでお前がここにいるんだ」

慶一が金剛寺に負けないほどの皺を眉間に寄せる。不機嫌丸出しだ。

「拓ちゃんのお店の売り上げに貢献しようとしてるんじゃない」

「拓ちゃんだと？　馴れ馴れしいやつだな」

慶一の目に殺気が過った。

慶一と真理恵の関係を早とちりした挙句、拓人を傷つけることになってしまったことへの罪滅ぼしなのだろう、金剛寺はあれからしばしば『小暮珈琲』にやってくるようになった。理由はともあれ自分のコーヒーを楽しんでくれる人が増えるのは嬉しいことだ。

「拓ちゃんのコーヒー、本当に美味しいのよね。あたしファンになっちゃった」

カップに頬を寄せる金剛寺に、拓人は「ありがとうございます」と苦笑した。

一昨日、杉野がやってきた。

『味に迷いがなくなったね』

帰り際、レジで杉野は言った。

『誰かの味を真似《まね》しなくていいんだよ。拓人くんは拓人くんが美味しいと思うコーヒーを淹れればいい。ここはもうきみの店なんだから。きみのコーヒーを好きだと言ってくれる客を、時間をかけて増やしていけばいいんだ』

杉野の言葉がすっと胸に落ちたのは、誰よりも拓人のコーヒーを愛してくれている慶一のおかげに他ならない。

──おれはおれのコーヒーを淹れればいいんだ。一杯一杯丁寧に、心を込めて。

何年も悩み続けていたことに、ようやく答えが見つかったような気がした。

慶一が金剛寺に頼んで手に入れたチケットは、数年前に隣県にできたオーベルジュのものだった。クリスマスの週に中庭で行われる光と音のイベントは大人から子供まで楽しめると人気で、チケットは入手困難なのだという。

『拓人が来られないなら、チケットは誰かに譲るつもりだった。俺がクリスマスを過ごしたい相手は拓人だけだ』

慶一がクリスマスを拓人と維月と三人で過ごすつもりだったと知り、拓人は思わず涙したのだった。

「お前なりの罪滅ぼしか。いろいろ引っ掻き回してくれたからな」

「そういう言い方しなくてもいいじゃない？　そもそも御影がちゃんと説明しないのが悪いのよ？」

金剛寺がぶーっと頬を膨らませた。

「パパ、おともだちとはなかよくしないといけないんだよ？」

せっせとスプーンを動かしながら、維月が父親を窘《たしな》める。

「維月は優しいわね〜」

「教育が行き届いているからな」

「誰かさんと違って」

「なんだと？」

「マリちゃんも、ひと口どうぞ。はい」

「あら、ありがとう。維月、あんたはほんとにいい子ね」

あ〜ん、と口を開いた金剛寺の頬を、慶一が手のひらでぐいっと押し戻す。

「お前はこれ以上巨大化するつもりか。店のカウンターに収まらなくなるぞ」

「昔から思ってたけど、あんたにはデリカシーってものがないの？」

「この世には二種類の人間がいる。デリカシーを持って接するべき相手と、そうでない相手だ」

さすがは腐れ縁。互いに目も合わさず会話でボクシングをするふたりに、拓人は感動すら覚えた。

「あーやだやだ。これだから弁護士は」

「だから、嫌なら帰れ」

「ここは拓ちゃんのお店でしょっ」

「俺の拓人を拓ちゃんと呼ぶなと言っているだろ」

——俺の拓人……だって。

キレ気味に放たれた慶一の言葉に、拓人の頬はうっすらと染まる。

「拓人くんもどうぞ。はい、あーん」

「あーん」

維月がくれた小さなプリンの欠片《かけら》が、口の中で蕩けていく。

「甘いね」

「うん。いっくん、ぷりんあらどーもがたべれて、ちょーしやわせ」

「おれも幸せだよ」

天使の輪をくりくりと撫でてやる。

「パパは？　パパもしやわせ？」

金剛寺といがみ合っていた慶一が「え？」とこちらを振り返る。

「パパも、しやわせ？」

拓人、維月、金剛寺、三人の視線を一斉に浴び、慶一が一瞬言葉に詰まる。

「パパは……」

少し俯いて、顔を上げた慶一は、少し照れたように言った。

「人生最高に幸せだ」

「やったあ！　みんなしやわせ！」

「ああ、胸やけがする」

維月のはしゃぐ声と金剛寺の呟きを両側から聞きながら、拓人は心の中で呟いた。

——おれも、人生最高に幸せです。

あとがき

こんにちは。または初めまして。安曇ひかると申します。

このたびは『イケメン弁護士のパパはいりませんか?』をお手に取っていただきありがとうございます。

過去のトラウマから頑ななまでにクールを装う拓人と、その不自然極まりない態度に内心首を傾げていたのに、いつの間にか目が離せなくなっていた慶一。ふたりの不器用な恋、いかがでしたでしょうか。ドキドキです。


あからさまに挙動不審な拓人を書くのが楽しかったです。傍から見ると「?・?・」なのに本人超真面目。超ぐるぐる。でもって「?・?・」と思いつつ、気づいたら「アホでもドン天然でもかまわない。もうお前なしではいられないんだあ!」みたいになっちゃっている受(または攻)――そんな設定が大好きです。

一般的な萌えのベクトルから遠くかけ離れている自覚はありますが、多分今後もこのまま突き進みます。

柳ゆと先生。お忙しい中、素敵なイラストをいただき感謝感激です。表紙のラフをいただいた瞬間、あまりの可愛さに思わず「あ〜ん、維月〜♡」と身悶えてしまいました。十年後、十五年後、きっとパパを凌駕するイケメンに成長することでしょう。拓人をパパから奪おうと企て、金剛寺あたりに「維月……恐ろしい子」とか言われたりしないか、今からちょっと心配しています。パパ頑張れ！

三人のその後を見届けるためにも、頑張って長生きしたいものです（笑）。幸せそうな三人の表情に、ほっこりさせていただきました。本当にありがとうございました。

末筆ではありますが、本作を手にしてくださったみなさまと、制作にかかわってくださったすべての方々に、心より感謝・御礼申し上げます。

本当にありがとうございました。

いつかまたどこかでお目にかかれることを願って。

二〇二〇年　六月

安曇ひかる

安曇ひかる先生、柳ゆと先生へのお便り、
本作品に関するご意見、ご感想などは
〒101-8405
東京都千代田区神田三崎町2-18-11
二見書房　シャレード文庫
「イケメン弁護士のパパはいりませんか？」係まで。

本作品は書き下ろしです

CHARADE BUNKO

イケメン弁護士《べんごし》のパパはいりませんか？

【著者】安曇《あずみ》ひかる

【発行所】株式会社二見書房
東京都千代田区神田三崎町2-18-11
電話　03(3515)2311［営業］
　　　03(3515)2314［編集］
振替　00170-4-2639
【印刷】株式会社 堀内印刷所
【製本】株式会社 村上製本所

落丁・乱丁本はお取り替えいたします。
定価は、カバーに表示してあります。

ISBN978-4-576-20090-3

https://charade.futami.co.jp/